万葉集と富山

高岡市万葉歴史館論集 16

高岡市万葉歴史館［編］

笠間書院

万葉集と富山　【目次】

万葉集と富山

越中万葉の意義

坂本信幸

一　越中万葉の意義について

『続日本紀』天平十八年（七四六）六月壬寅（二十一日）条に、

従五位下大伴宿禰《おほとものすくね》家持《やかもち》を越中守とす。

と記されているように、大伴家持は、天平十八年六月二十一日に越中守に選任され、七月に越中国に赴任した。家持の帰京については、『万葉集』巻十九に、

七月十七日を以て、少納言に遷任す。よりて別れを悲しぶる歌を作り、朝集使《てうじふし》掾《じよう》久米朝臣《くめのあそみ》広縄《ひろつな》が館《むろつみ》に贈り貽《のこ》す二首

既に六載の期に満ち、忽《たちま》ちに遷替《せんたい》の運《とき》に値《あ》ふ。ここに旧きを別るる悽《かな》しびは、心中に欝結《むすぼ》れ、渧《なみた》

を拭《のご》ふ袖は、何を以てか能《よ》く早《ほ》さむ。因《よ》りて悲歌二首を作り、もちて莫忘《ばくばう》の志を遺《のこ》す。その詞に曰く

あらたまの　年の緒《を》長く　相見《あひみ》てし　その心引《こころび》き　忘らえめやも　（巻十九・四二四八）

石瀬野《いはせの》に　秋萩しのぎ　馬並《な》めて　初鳥狩《はつとがり》だに　せずや別れむ　（巻十九・四二四九）

右、八月四日に贈る。

と記されていることによって、天平勝宝三年（七五一）七月に少納言に選任され、八月に帰京したことが知られている。

「越中万葉」とは、大伴家持が天平十八年六月二十一日に越中守に任ぜられて越中国に赴任する時に叔母の大伴坂上郎女《さかのうえのいらつめ》が詠んだ送別歌（巻十七・三九二七）から、天平勝宝三年七月十七日に家持が少納言に選任され都にもどる途中で詠んだ歌（巻十九・四二五六）までを含めた、越中国での五年間の歌三二〇首を中心とした称で、さらに、巻十六におさめられた「能登国の歌三首」（三八七八〜三八八〇）、「越中国の歌四首」（三八八一〜三八八四）の計七首の民謡も加えた、三三七首を「越中万葉」と称している。このうち、家持がよんだ歌は二二三首に及んでいる。

その意義は、妻大伴坂上大嬢《さかのうえのおおいらつめ》との別離や、弟書持《ふみもち》の逝去などの望郷と悲哀の思いの中で、越中の秀麗な風光に接した家持が、歌人としての歌境を開眼したところにあるといえる。その結実が、

天平勝宝二年三月一日の暮《ゆうへ》に、春苑《しゆんゑん》の桃李《たうり》の花を眺矚《てうしよく》して作る二首

春の苑《その》　紅《くれなゐ》にほふ　桃の花　下照《したで》る道に　出《い》で立つ娘子《をとめ》　（巻十九・四一三九）

我《わ》が園の　李《すもも》の花か　庭に散る　はだれのいまだ　残りたるかも　（巻十九・四一四〇）

に始まる「越中秀吟」といわれる巻十九冒頭の十二首であることはいうまでもない。家持の越中時代の歌境の開眼と進展は、後の家持の繊細・幽艶な歌境を導くものであり、後期万葉の歌の世界を豊かなものとしている。

しかしながら、越中万葉は歌世界のみならず、古代の越中国の情報を豊かに残してくれている点において、極めて大きな意義があるといえる。こんにち残された日本古代についての情報は極めて少ない。出土木簡の断片的な文字情報ですら大きな意義をもつ中で、越中国については、万葉集の存在によって、叙述された文字情報をもっている。都の置かれた大和国はともかく、地方の国々の情報は僅かである時代に、越中国だけは越中万葉の存在によって比較的豊かな情報を有しているのである。

越中万葉の意義は、古代文学としての意義以外に、以下の三点にあると私は考える。

1、越中の風土についての情報が残されていること。

2、越中のことば（方言・孤語）が残されていること。

3、越中の風俗についての記述がされていること。
しかも、越中万葉の収載された巻十七から十九は家持の歌日誌の特長をもち、日時が記された歌が多く、その実態に具体性があることに意義があるといえる。

◆二 越中の風土

「風土」という語は万葉集中二例。いずれも家持の越中万葉での用例である。

立夏《りふか》四月既に累日《るいじつ》を経《へ》たるに、由《なほ》し未《いま》だ霍公鳥《ほととぎす》の喧《な》くを聞かず、因《よ》りて作る恨みの歌二首

あしひきの　山も近きを　ほととぎす　月立つまでに　なにか来鳴《きな》かぬ　（巻十七・三九八三）

玉に貫《ぬ》く　花橘《はなたちばな》を　ともしみし　この我《わ》が里に　来鳴かずあるらし　（巻十七・三九八四）

霍公鳥は、立夏の日に来鳴くこと必定《ひつぢやう》す。また越中の風土《ふうと》は、橙橘《たうきつ》の有ること希《まれ》なり。これによりて、大伴宿祢家持、懐《こころ》に感発して、聊《いささ》かにこの歌を裁《つく》る。三月二十九日

右は配列からして天平十九年（七四七）の作であり、この年三月二十九日の作であることを左注には記している。この年の立夏は三月二十一日であり（『日本暦日原典』）、すでに立夏から八日を経たにも関

わらず、ほととぎすの来鳴かないのを恨んだのである。その背景に、『漢書』楊雄伝《ようゆう》に載せる「反離騒《はんりそう》」の一節に施した初唐の顔師古《がんしこ》の注、

鴂《ケイ》は、〈中略〉一名子規《シキ》、一名杜鵑《トケン》、常に立夏を以て鳴く、鳴けば則ち衆芳《シュウホウ》皆歇《ヤ》む

などの知識があるとしても、奈良の都においては、ほととぎすは立夏（もしくは四月）になると来鳴くものとされていたことは、帰京後天平勝宝六年四月に、「霍公鳥を詠む歌一首」と題する、

木《こ》の暗《くれ》の　繁《しげ》き峰《を》の上《へ》を　ほととぎす　鳴きて越ゆなり　今し来《く》らしも　（巻二十・四三〇五）

という歌を残していることから知られる。また、越中においても、天平二十年四月一日に、

四月一日に掾久米朝臣広縄が館にして宴する歌四首

卯《う》の花の　咲く月立ちぬ　ほととぎす　来鳴きとよめよ　含《ふふ》みたりとも　（巻十八・四〇六六）

右の一首、守大伴宿祢家持作る。

二上《ふたがみ》の　山に隠《こも》れる　ほととぎす　今も鳴かぬか　君に聞かせむ　（巻十八・四〇六七）

右の一首、遊行女婦《あそびめ》土師《はにし》作る。

居《を》り明《あ》かしも　今夜《こよひ》は飲まむ　ほととぎす　明けむ朝《あした》は　鳴き渡らむぞ　二日は立夏の節に応《あた》る。故に明

けむ旦《あした》に喧《な》かむ、と謂《い》ふ　　　　　（巻十八・四〇六八）

右の一首、守大伴宿祢家持作る。

明日《あす》よりは　継《つ》ぎて聞こえむ　ほととぎす　一夜《ひとよ》のからに　恋ひ渡るかも　　　　　（巻十八・四〇六九）

という一連を残しており、四月になってもなかなか来鳴かないことを気候風土の差によるものと考えたことに意味があったといえる。

越中国が大和国より寒冷であることは当然のこととはいえ、そのことが明確に文献に記されていることに意義があるのである。こんにち我々は、温室効果ガスを原因とした地球温暖化により、平均温度が上昇していることを知っており、漠然と古代は今より寒冷であったと考えている。しかし、屋久杉の年輪に含まれる炭素13量の分析により復元された「屋久杉の安定炭素同位体分析から明らかにされた歴史時代の気候復元図」（北川浩之「屋久杉に刻まれた歴史時代の気候変動」『講座・文明と環境　第6巻　歴史と気候』平成七年、朝倉書店刊所収）によると、西暦七〇〇年頃までは寒冷期であったが、奈良時代から鎌倉時代にかけて「中世温暖期」にあたり、奈良時代中ごろは中世温暖期の開始期とされ、平安時代は現在より三度ほど気温が高かったとも言われている。(2)蓋然が記録によって必然と受け取れることに意義がある。

もう一例の「風土」の例は、

二月二日に、守《かみ》の館《むろつみ》に会集し宴して作る歌一首

君が行《ゆ》き　もし久《ひさ》にあらば　梅柳《うめやなぎ》　誰《たれ》と共にか　我《わ》がかづらかむ
（巻十九・四二三八）

右、判官久米朝臣広縄、正税帳《しやうぜいちやう》を以ちて京師《みやこ》に入るべし。よりて守大伴宿祢家持、この歌を作る。但し、越中の風土に、梅花柳絮《ばいくわりうしよ》三月にして初めて咲くのみ。

とある例である。これによると、大和国では二月になると梅花が咲き青柳の新芽が萌えるのであるが、越中国ではそれは三月のことであるという。これもその気候風土を明確に記していることに意義がある。家持の越中秀吟と称される前掲の巻十九冒頭の有名な、

天平勝宝二年三月一日の暮に、春苑桃李の花を眺矚して作る二首

春の園　紅にほふ　桃の花　下照る道に　出で立つ娘子
（巻十九・四一三九）

我が園の　李の花か　庭に散る　はだれのいまだ　残りたるかも
（巻十九・四一四〇）

が三月一日という日付をもつことは、四二三八の左注と相応じており、「眺矚して作る」という題詞もその風土の実際と関わるといえる。

そういった気候風土の他に、越中の地理的風土に関する歌として、家持が越中三賦と称される三組の

長反歌を残していることにも意義があるといえる。（3）

二上山《ふたがみやま》の賦《ふ》一首　この山は射水郡に有り

射水川《いみづがは》　い行《ゆ》き巡《めぐ》れる　玉くしげ　二上山は　春花《はるはな》の　咲ける盛りに　秋の葉の　にほへる時に　出《い》で立ちて　振《ふ》り放《さ》け見れば　神《かむ》からや　そこば貴《たふと》き　山からや　見が欲《ほ》しからむ　皇神《すめかみ》の　裾回《すそみ》の山の　渋谿《しぶたに》の　崎《さき》の荒磯《ありそ》に　朝なぎに　寄する白波　夕なぎに　満ち来る潮《しほ》の　いや増しに　絶ゆることなく　古《いにしへ》ゆ　今の現《をつつ》に　かくしこそ　見る人ごとに　かけて偲《しの》はめ　（巻十七・三九八五）

渋谿の　崎の荒磯に　寄する波　いやしくしくに　古《いにしへ》思ほゆ　（巻十七・三九八六）

玉くしげ　二上山に　鳴く鳥の　声の恋しき　時は来にけり　（巻十七・三九八七）

右、三月三十日に興《きよう》に依りて作る。大伴宿祢家持

布勢《ふせ》の水海《みづうみ》に遊覧する賦一首　并せて短歌　この海は射水郡の旧江村にあり

もののふの　八十伴《やそとも》の緒《を》の　思ふどち　心遣《や》らむと　馬並《な》めて　うちくちぶりの　白波の　荒磯《ありそ》に寄する　渋谿の　崎たもとほり　松田江《まつだえ》の　長浜過ぎて　宇奈比川《うなひがは》　清き瀬ごとに　鵜川《うかは》立ち　か行《ゆ》きかく行《ゆ》き　見つれども　そこも飽《あ》かにと　布勢の海に　舟浮け据《す》ゑて　沖辺《おきへ》漕《こ》ぎ　辺に漕ぎ見れば　渚《なぎさ》には　あぢ群騒《むらさわ》き　島回《しまみ》には　木末《こぬれ》花咲き　ここばくも　見のさやけきか　玉くしげ　二上山に　延《は》ふつたの　行《ゆ》きは別れず　あり通《がよ》ひ　いや年のはに　思ふどち　かくし遊ばむ　今も見

るごと　（巻十七・三九九一）

布勢の海の　沖つ白波　あり通《がよ》ひ　いや年のはに　見つつしのはむ　（巻十七・三九九二）

右、守大伴宿祢家持作る。　四月二十四日

立山《たちやま》の賦一首　并せて短歌　この立山は新川郡にあり

天《あま》ざかる　鄙《ひな》に名かかす　越《こし》の中《なか》　国内《くぬち》ことごと　山はしも　しじにあれども　川はしも　さはに行《ゆ》けども　皇神《すめかみ》の　うしはきいます　新川《にひかは》の　その立山に　常夏《とこなつ》に　雪降り敷きて　帯《お》ばせる　片《かた》貝川《かひがは》の　清き瀬に　朝夕《あさよひ》ごとに　立つ霧の　思ひ過ぎめや　あり通ひ　いや年のはに　よそのみも　振《ふ》り放《さ》け見つつ　万代《よろづよ》の　語らひぐさと　いまだ見ぬ　人にも告《つ》げむ　音《おと》のみも　名のみも聞きて　ともしぶるがね　（巻十七・四〇〇〇）

立山に　降り置ける雪を　常夏に　見れども飽《あ》かず　神《かむ》からならし　（巻十七・四〇〇一）

片貝の　川の瀬清く　行《ゆ》く水の　絶ゆることなく　あり通《がよ》ひ見む　（巻十七・四〇〇二）

四月二十七日に大伴宿祢家持作る。

それぞれ、題詞に「二上山の賦一首　この山は射水郡に有り」「布勢の水海に遊覧する賦一首　并せて短歌　この海は射水郡の旧江村にあり」「立山の賦一首　并せて短歌　この立山は新川郡にあり」と小注で越中においては不要と思われるその地理的情報を記しており、山田孝雄（『越中五賦』）が「都へ上りての語らひ草とせむとの下構えにてよめるならむか」と指摘したとおり、この年五月に大帳使として帰京する折の土産の意味があったと考えられるが、二上山の地勢を「射水川　い行き巡れる　玉くしげ　二上山」、「皇神の　裾回の山の渋谿の　崎の荒磯」と具体的に表現し、また、立山の状態を「常夏に　雪降り敷きて」「帯ばせる　片貝川の　清き瀬に　朝夕ごとに」霧が立つなど詳述し、なによりも、こんにちでは十二町潟水郷公園にわずかに面影を残すしかない、かつて氷見市南部の窪、島尾から田子、堀田、布施、十二町等の地域にわたり広がっていた湖水である布勢の水海の情景を「布勢の海に　舟浮け据ゑて　沖辺漕ぎ　辺に漕ぎ見れば　渚には　あぢ群騒き　島回には　木末花咲き」と歌い残すなど、越中国の風土についての貴重な情報が残されている。

玉くしげ　二上山に　鳴く鳥の　声の恋しき　時は来にけり　（巻十七・三九八七）

と歌われた渡り鳥のホトトギスは、現在においても二上山はホトトギスの飛来するルートにあたり、(4)毎年初夏に二上山に訪れて鳴き声をひびかせ、「乎敷の浦に　霞たなびき　垂姫に　藤波咲きて　浜清く白波騒き」（巻十九・四一八七）と歌われた、遊覧の地であった布勢水海周辺の地には、現在においても山藤が多く自生しており、初夏には美しい花房を揺らしている。それらは万葉の頃から今に続いてきた景物であることが知られるのである。

また、立山連峰を水源とする「片貝川」（巻十七・四〇〇〇、四〇〇二、四〇〇五）をはじめとして、「雄神川《をかみがは》」（巻十七・四〇二一）、「鵜坂川《うさかがは》」（巻十七・四〇二二）、「宇奈比川《うなひがは》」（巻十七・三九九一）、「辟田川《さきたがは》」（巻十九・四一五六〜八）、「饒石川《にぎしがは》」（巻十七・四〇二八）、「延槻川《はひつきがは》」（巻十七・四〇二四）、「婦負川《めひがは》」（巻十七・四〇二三）など越中を代表する多くの河川が詠み込まれているのは、越中万葉の「風土記」的な一面としての意義がある。

二　越中のことば

越中のことばが歌に詠み込まれていることにも意義がある。

東風《あゆのかぜ》　越俗語東風謂之安由乃可是也　伊多久布久良之《いたくふくらし》　奈呉乃安麻能《なごのあまの》　都利須流乎夫祢《つりするをぶね》　許藝可久流見由《こぎかくるみゆ》
（巻十七・四〇一七）

原文「東風」に付された「越《こし》の俗《くにひと》の語《ことば》に東《ひむがし》の風をあゆのかぜと云ふ」という注記によって、「あゆの風」が越中国の方言であることが知られるが、ほかにも題詞に「渋谿の崎に過《よき》り、巌《いはほ》の上の樹《き》を見る歌一首　樹の名は「都万麻《つまま》」」と小注が付された歌、

磯《いそ》の上の　つままを見れば　根を延《は》へて　年深からし　神《かむ》さびにけり　（巻十九・四一五九）

に見える「つまま」も方言であろうと推定できる。

もっとも「つまま」は本州・四国・九州・沖縄などの沿岸部に多く生育するクスノキ科の常緑喬木タブノキの古名であり、大和国での家持の生活圏には存在しない樹木として名を知らなかっただけで方言でなかった可能性もなくはないが、まずは方言と考えてよかろう。

あしひきの　山の木末《こぬれ》の　保与《ほよ》取りて　かざしつらくは　千歳寿《ちとほ》くとそ　（巻十八・四一三六）

の歌に詠われた「ほよ」は、『和名類聚抄』に「寄生　夜止里木　一云保夜」と記され、ホヤとも言ったことが知られるが、『源氏物語』にも五十四帖の巻名の一つとして「宿木《やどりぎ》」があることから考えて、「ほよ」が方言の一つであった可能性が考えられる。また、

雄神川《をかみがは》　紅《くれなゐ》にほふ　娘子《をとめ》らし　葦付《あしつき》水松《みる》の類　取ると　瀬に立たすらし　（巻十七・四〇二一）

と見える「あしつき」も「つまま」「ほよ」と同じく孤語であり、越中のことばといえる。

「放逸《はういつ》せし鷹《たか》を思ひ、夢《いめ》に見て感悦《かんえつ》して作る歌一首」と題する歌に「……松田江《まつだえ》の　浜行《ゆ》き暮《く》らし　つなし捕《と》る　氷見《ひみ》の江過ぎて……」（巻十七・四〇一一）と詠われた「つなし」は「このしろ」（鰶・鮗・鯯）の幼魚をいう語と考えられ、方言というわけでもないと考えられるが、(5) いずれにせよ家持が越中国に赴任し歌に詠まなければ、長くその語は人びとに知られなかったはずである。

なによりも、「かたかご」を歌に詠んだのは家持の功績である。

　堅香子《かたかご》草の花を攀《よ》ぢ折る歌一首

もののふの　八十《や そ》娘子《をとめ》らが　汲《く》みまがふ　寺井《てらゐ》の上の　堅香子《かたかご》の花　（巻十九・四一四三）

〔原文〕　攀折堅香子草花歌一首

物部乃　八十呎嬬等之　呎乱　寺井之於乃　堅香子之花

こんにちカタカゴと訓んでいる「堅香子」は、かつては「かたかし」と訓まれていた。この歌を本歌取りにした衣笠内大臣（衣笠家良。正二位大納言藤原忠良の二男）の歌として、

妹《いも》がくむ　寺井の上の　堅かしの　花咲くほどに　春ぞなりぬる　（『新撰和歌六帖』）

という歌が作られたりもしている。それを鎌倉時代の仙覚《せんがく》が、「此歌ノ落句、古点ニハ、カタカシノハナト点セリ。コレヲ、カタカコト点スヘシ。カシト点スレハ、橿木（カシノキ）ニマカヒヌヘシ。端作

詞ニ、堅香子草花トカケリ。草トキコエタリ。カタカコヲハ、又ハヰノシタトイフ。ハルハナサク草也。ソノハナノイロ、ムラサキ也。」と述べてから、現在の訓みになったことは訓詁に関わる有名な話である。考えて見れば、堅（かた）香子（カ・シ）は一語を湯桶読みしていることになり、堅（かた）香子（かご）と訓むのが当然の語であった。

本居宣長・賀茂真淵の『万葉集問目』には、「是は、越前陸奥に多き草にて、かたごとも、又俗は、かたくりともいへり、根はゆりに同しくて、一根より一葉出るもの也、其一葉に並て、花も出、うす紫にて茎に似たり、其一茎一葉なれは、片之子といふへし、かゝる物也、其根製すれは葛に似て、至て上品也」とあり、橘千蔭の『万葉集略解』には、「越の国ではカタコユリといふ」と記すことから考えれば、「かたかご」は越中国の方言といえよう。その可憐な美しい花は、家持の来越により和歌の上に残されたのである。

その他、巻十六に「能登国の歌三首」として収められた一首に、

香島《かしま》ねの　机《つくえ》の島の　しただみを　い拾《ひり》ひ持ち来て　石もち　つつき破り　速川《はやかは》に　洗ひ濯《すす》ぎ　辛《から》
塩《しほ》に　こごともみ　高坏《たかつき》に盛《も》り　机に立てて　母にあへつや　目豆児《めづこ》の刀自《とじ》　父にあへつや　身女《みめ》
児《ご》の刀自

（巻十六・三八八〇）

と歌われている「しただみ」は、『古事記』（神武天皇条）の歌謡に、

神風《かむかぜ》の　伊勢の海の　大石《おほいし》に　這《は》ひ廻《もとほ》ろふ　志《し》多《た》陀《だ》美《み》の　い這ひ廻り　撃《う》ちてし止《や》まむ　（記13）

と歌われており方言とはいえないが、万葉集中の孤語として、その調理や食事の習俗と共に貴重な情報を残してくれている。

攀《よ》ぢ折れる保《ほ》宝《ほ》葉《がしは》を見る歌二首

我《わ》が背子《せこ》が　捧《ささ》げて持てる　ほほがしは　あたかも似るか　青き蓋《きぬがさ》　（巻十九・四二〇四）

講師《かうじ》僧恵《ゑ》行《ぎやう》

皇祖《すめろき》の　遠《とほ》御《み》代《よ》御《み》代《よ》は　い敷き折り　酒飲むといふそ　このほほがしは　（巻十九・四二〇五）

と歌われた「ほほがしは」（朴の葉）も万葉集中この箇所にしか出てこない点で孤語の一つといえようが、やはり、朴の葉を使って皇祖の遠御代御代に「い敷き折り　酒飲む」習俗があったことを、これは都での習俗ではあるが、伝えて意義があるのである。

四 越中の風俗

越中国の風俗については、前掲の、

あしひきの　山の木末の　ほよ取りて　かざしつらくは　千歳寿くとそ（巻十八・四一三六）

においても、ホヨの木末を千年の長寿を願う「かざし」にする習俗が歌われていた。咲いた花や、常緑の樹木の枝葉をかざしにすることは都においても行われる習俗であるが、ホヨをかざしにしたのは、越中ならではの習俗であろう。

「能登郡《のとのこほり》にして香島《かしま》の津より船を発《いだ》し、熊来村《くまきのむら》をさして往く時に作る歌二首」と題された中の一首、

とぶさ立て　舟木《ふなぎ》伐《き》るといふ　能登の島山　今日見れば　木立《こだち》繁しも　幾代神《いくよかむ》びそ（巻十七・四〇二六）

は、「といふ」という伝聞の語が用いられており、それが能登地方の習俗であったことをうかがわせる。トブサは、大木を伐採したあと、山の神に感謝し切り株の上に伐った木の梢を立てて神を祭る儀式で、

こんにちでも長野県など一部地方で行われている儀式である。

幕末の飛騨地方の役人で国学者でもあった富田禮彦（一八一一～一八七七）が作成した『木曾式伐木運材図絵』に「株祭之図」として画き残されていて、江戸期には木曾地方においても伝えられていた儀式であったことが知られる。その伝聞を家持が歌に残しておいてくれたことにより、それが古代から行われていた儀式であったことが分かるのである。

株祭りの図『木曽式伐木運材図絵』
（長野営林局互助会、昭和29年6月）

この歌を含む天平二十年春の出挙《すいこ》のための越中国巡幸で家持が歌った歌には、いくつかの習俗が歌われていて興味深い。同じく能登地方を巡幸した時の歌である「鳳至郡《ふげしのこほり》にして饒石川《にぎしがは》を渡る時に作る歌」には、

妹《いも》に逢はず　久しくなりぬ　饒石川　清
き瀬ごとに　水占《みなうら》延《は》へてな（巻十七・四〇二八）

と「水占」という習俗が歌われている。集中には、「石占《いしうら》」（巻三・四二〇）、「足占《あしうら》」（巻四・七三六）、

「八占《やうら》」（巻十一・二四〇七）、「夕占《ゆふけ》」（巻十一・二五〇六）「夕占《ゆふうら》」（巻十三・三三一八）、「道行《みちゆ》き占《うら》」（巻十一・二五〇七）などいくつかの占いが歌われており、「水占」もそういった占いのの一つであるが、孤語でありその実体は不明である。

京都の貴船神社には「水占みくじ」があり、神籤《みくじ》を境内の御神水に浮かべると水の霊力によって文字が浮かんで見えてくるというものであるが、家持歌の「水占」は川の瀬ごとに水占を「延《は》へる」というのであるから、そのような占いとは異なる。

契沖『万葉代匠記』には、「饒石河トハ、石ノ多キニ名付タルヘケレハ、清キ瀬毎ニ石ノアサヤカニ見ユルヲ踏コ、ロ見テ占ナフヲ、水占ト云ニヤ」とし、『略解』『古義』は、『日本書紀』神武天皇条に、天香《あまのかぐ》山《やま》の埴《はにつち》で八十平瓮《やそひらか》・天手抉《あまのたくじり》八十枚《やそひら》・厳瓮《いつへ》を造り、天神地祇を祭り、丹生の川に厳瓮を沈めて魚の浮き流れる様を見て占ったとある記述をあげ、「其類ひの占、古へ有りしなるべし」（略解）とする。万葉歌で「延ふ」という語は、ツタ（蔦）やクズ（葛）、カヅラ（蔓）、ムグラ（葎）など蔓性植物や、ナハ（縄）、ツナ（綱）、草木の根などの延伸をいう語である。とすると、縄状のものを川に浮かべて、その延び方で占うということであろう。伴信友の『正卜考《せいぼくこう》』に「清き河瀬の水中に縄をはへわたし置てそれに流れかゝりたるもの或は其物の数などによりて卜ふる事にはあらざるか」とするのが妥当であろう。

越中国巡幸の折の歌には、「鸕《う》を潜《かづ》くる人を見て作る歌一首」という題詞のもと、

婦負川《めひがは》の　早き瀬ごとに　篝《かがり》さし　八十伴《やそとも》の緒《を》は　鵜川《うかは》立ちけり　（巻十七・四〇二三）

と、婦負川での鵜飼の習俗も詠われている。この鵜飼について、『古典全集』では、「ここは太陽暦の三月十日ごろで、鵜飼に適当な時期か否か、疑問」とし、『全注』では、

鵜飼は一般に夏から秋にかけて、鮎を対象に行われるものと思われるが、他の魚を対象に季節にかかわらず行なう場合もあったのであろうか。その点不明だが、この鵜飼は例外的なものと思われ、家持に随行した官人たちが旅の慰めとして遊び興じているのか、国守を歓迎し、旅の一夜を慰めようとして郡司たちが特別に催して家持に見せているのかのどちらかであろう。

とする。しかし、家持の歌には、他に「鸕を潜くる歌一首 并せて短歌」と題する作（巻十九・四一五六〜四一五八）があり、それは天平勝宝二年三月八日（太陽暦の四月十八日）の作である。歌も、「あらたまの　年行き帰り　春されば　花のみにほふ　あしひきの　山下とよみ　落ち激《たぎ》ち　流る辟田《さきた》の　川の瀬に　鮎子《あゆこ》さ走《ばし》る　島つ鳥　鵜養伴《うかひとも》なへ　篝《かがり》さし　なづさひ行けば……」（巻十九・四一五六）と、明らかに春の鵜飼として詠われている。「鮎子」と見えるように、春に子鮎を取る習俗があったと考えるべきであろう。

高知県の四万十川ではアユの遡上は通常水温が10度程度となった太陽暦の二月中・下旬頃から始まり、三月中旬〜四月中旬頃が最も活発となる。遡上期の体長は五〜一〇cm程度で、季節が遅くなるほど小型化する傾向にあるという。(6) 富山湾の子鮎の遡上は、通常年では、河川水温が10度を越え始める四月

上旬以降に始まるものと推定されている。(7) こんにちでも土地によっては、春一番が吹く頃になると稚鮎釣りの季節が始まったということで、鮎釣りの解禁前の子鮎を、河口に入り遡上する前に海で釣る漁が行われているほどである。万葉の時代には春に稚鮎を取るための鵜飼が越中において行われていたと十分考えられる。富山県の川は四万十川などとは異なり、川の全長が短く流れも急で、水温も低いため、一般に鮎はあまり成長せず、成魚でも体長は一〇〜一五㎝ほどの小振りであり、稚魚とそれほど大きさにおいて相違があるわけではない。

『古典全集』に四〇二三歌の詠歌の時期を「太陽暦の三月十日ごろ」としているのは、前後の歌から推定したものであろうが、一連の出挙の時の歌の前に見える巻十七・四〇二〇の左注には「右の四首、天平二十年春正月二十九日、大伴宿祢家持」とあり、後には、

鶯《うぐひす》の晩《おそ》く哢《な》くを恨むる歌一首
うぐひすは　今は鳴かむと　片待《かたま》てば　霞たなびき　月は経《へ》につつ　（巻十七・四〇三〇）
酒を造る歌一首
中臣《なかとみ》の　太祝詞言《ふとのりとごと》　言ひ祓《はら》へ　贖《あか》ふ命《いのち》も　誰《た》がために汝《なれ》　（巻十七・四〇三一）

の家持の二首があるだけで巻十七は終わり、次の巻十八冒頭歌（巻十八・四〇三二）は題詞に「天平二十年春

三月二十三日」の日付けを記す。「霞たなびき　月は経につつ」という表現は三月の表現と言うべく、出挙の旅の出立が二月初旬以降だとしたら当該歌は二月中旬以降であってもよい。(8) ちなみに越中での「霞たなびく」という表現は、

三島野に　霞たなびき　しかすがに　昨日も今日も　雪は降りつつ　（巻十八・四〇七九）

が三月十六日、「八つ峰《やつを》には　霞たなびき　谷辺《たにへ》には　椿花咲き」（巻十九・四一七七）が四月三日、「乎敷《をふ》の浦に　霞たなびき　垂姫《たるひめ》に　藤波《ふぢなみ》咲きて」（巻十九・四一八七）が四月六日と、晩春もしくは初夏の歌に見られる表現である。いずれも家持の作である。

この当時の越中国の出挙の行程の実態が知られることも注目される。ことには、「気太神宮に赴き参り、海辺を行く時に作る歌一首」に、

之乎路《しをぢ》から　直越《ただこ》え来《く》れば　羽咋《はくひ》の海　朝なぎしたり　舟梶《ふねかぢ》もがも　（巻十七・四〇二五）

と詠われた氷見市から石川県羽咋郡志雄町へ越える志雄路越え（臼ヶ峰往来）が詠われているのは、後に藩政時代の「御上使往来」の道として御上使巡見のルートとなる官道として興味深い。珠洲から長浜の

浦への海路のルートが取られていることも貴重な情報である。

出挙の時の歌以外では、海人の習俗も詠われている。大目秦忌寸八千島《だいさかんはだのいみきやちしま》の館で宴した時の歌、

奈呉《なご》の海人《あま》の　釣する舟は　今こそば　舟棚《ふなだな》打ちて　あへて漕《こ》ぎ出《で》め　（巻十七・三九五六）

に詠われた「舟棚打ち」である。左注によると八千島の館の客屋からは奈呉の海が望まれたという。「舟棚打ち」については、『略解』が「ウチテは取着くるを言ふならん。海原を見渡して、釣舟の浮ぶさまを見んとて待つ意なり。宣長云、今もふなだなを喧囂しく打つ事有り、其音に魚の寄り來るとなりと言へり。猶考ふべし」としたのに対し、『古義』では「舷《フナダナ》をうつは勢を附くるなり。今ならばソレ漕ゲヤレ漕ゲなどいひながらうつべし。無論撃つ人と漕ぐ人とは別なり。宣長が『今もふなだなをかしましくうつ事あり。其音に魚のよりくるとなり』といへるも誤なり」とし、『総釈』は「ここは、船出の際に、威勢よくたたいたのではないかと思はれる」とし、『注釈』でも「代匠記に『屈原漁父辭云。漁父莞示而笑、鼓枻而去』（文選、騒下）とあるを引いてをるやうに、叩いて、景氣をつける意である」とした。しかし、『窪田評釈』では「これは物音をもって悪魔を払う呪いであろう。弓弦を鳴らしなどすると同じ意と取れる」とし、『全註釈』『全注』がそれを支持している。『全集』は「舟棚打ツとは舟棚をたたくことか、設け取り付ける意か不明。しばらく前者に従う」とした上で、「一説に海の悪霊を追い払うための呪術で

舟端をたたくのだとする」と慎重である。『新大系』では、「『打ちて』は船の櫂で舷板をたたくこと。『漁夫枻を鼓して去る』（屈原「漁夫」・楚辞）。その王逸の注に『船舷を叩くなり』と言う。懐風藻にも『枻を鼓ちて南浦に遊び、筵を肆べて東浜に楽しむ』（藤原総前「侍宴」）とある」と記すが、何故に舟棚を打ったのかについては、具体的でない。

「あへて漕ぎ出め」の「あへて」は集中全三例。他の用例も、

……潮《しほ》さゐの　波を恐《かしこ》み　淡路島　磯隠《いそがく》り居《ゐ》て　いつしかも　この夜《よ》の明けむと　さもらふに　眠《い》の寝《ね》かてねば　瀧の上の　浅野のきぎし　明けぬとし　立ち騒《さわ》くらし　いざ子ども　あへて漕《こ》ぎ出《で》む　にはも静けし（巻三・三八八）

湯羅《ゆら》の崎　潮干《ひ》にけらし　白神《しらかみ》の　磯《いそ》の浦回《うらみ》を　あへて漕ぐなり（巻九・一六七一）

と船を漕ぐことに関わり、三八八は波の収まるのを待って漕ぎ出す時の歌であり、一六七一は白神の磯の浦回を漕ぎ行く船を見て、潮が干いたのであろうと推定した歌である。いずれも船の安全を願っての歌といえる。(9)

板橋倫行「船枻うちて」（『板橋倫行評論集　第一巻　大仏造営から仏足石歌まで』せりか書房、昭和53年刊）は、和辻哲郎が紀行文「天竜川を下る」で注目した、舳先に立った天竜川の船頭が櫂でパンパンと船ばたをた

たく行為を、小島烏水（「天竜川」『山岳文学』明治43年所収）が「水中の窪魔を追ひ退けるため」水を追うて川を下りたというアイヌのおまじないが今でも無意識に伝わっているのでないかと連想したことに触れ、鳥羽付近の海女が水中に潜る前に舷側に一列に並び、腰にしている鉄の鑿《のみ》を抜いてトントンと調子を合わせて舷端をたたく魔除けのまじない（『日本民俗学辞典』）を紹介し、三九五六歌の奈呉の海女の船《ふな》枻《だな》をうつ行為も、海中の悪霊・悪魔を追い払うためのマジックと解すべきことを述べている。それが正しいと思われる。

海女が海に潜る時に、船の舷側を貝を取る道具で叩く民俗は、鳥羽だけでなく能登の舳倉島《へくらじま》の海女も行っていたことが報告されており、熊本県の天草地方や秋田県男鹿半島でもエビス信仰とともに伝えられていた民俗である。(10) おそらく、奈呉の海人が舟棚（舷）を打って漕ぎ出すのは、航行・漁労の安全と豊漁を祈ってのことであったろう。越中万葉に詠われた風俗が、旧越中国であった舳倉島に今も伝わっていると見ることが可能である。

鷹狩りの習俗が詠われていることも意義がある。家持は鷹狩りを大いに好み、鷹を大事に飼っていたことが歌に詠われている。射水郡の古江村で獲った蒼鷹は「形容美麗《かたちうるは》しく、雉を捕ること群に秀れ」た鷹で、「大黒《おほぐろ》」と名付けて飼い誇っていたが、鷹の養吏であった山田史君麻呂《やまだのふびときみまろ》がうかつにも逃がしてしまった。それを嘆き、夢にまでその鷹のことを見たと長反歌（巻十七・四〇一一〜五）にして詠っている。その後に飼った白い大鷹についてもやはり「八日に、白き大鷹を詠む歌一首 并せて短歌」（巻十九・四一五四、四一五五）と題する長反歌を作りその鷹を誇り、ここでは、「枕づく　つま屋の内に　鳥座結《とぐらゆ》ひ　据《す》ゑてそ我《あ》が飼《か》ふ　真白斑《ましらふ》の鷹」と寝所に鳥座を据えて飼うという飼育の仕方まで詠んでいる。「矢形尾の　我が大黒」（巻十七・四〇一二）、「矢形尾の　真白の鷹」（巻十九・四一五五）とその鷹の形態の叙述にも及ぶ。

少納言に遷任されて、帰京のため越中国を後にする時に久米朝臣広縄の館に贈り貽《のこ》した歌にまで、

石瀬野《いはせの》に　秋萩しのぎ　馬並《な》めて　初鳥狩《はつとがり》だに　せずや別れむ　（巻十九・四二四九）

と詠うほどであった。

しかしながら、この当時鷹を飼い、鷹狩りをすることは詔によって禁じられていたはずである。『続日本紀』神亀五年八月条の詔に「朕《われ》、思ふ所有りて、比日之間《このころ》、鷹を養《か》ふことを欲《ほ》りせず。天下《あめのした》の人も亦養《か》ふこと勿《な》かるべし。其《そ》れ、後《のち》の勅《みことのり》を待ちて、養ふこと得《え》よ。如《も》し違《たが》ふこと有らば、違勅《ゐちよく》の罪に科《おほ》さむ。天下に布《ふ》れ告《つ》げて咸《ことごと》く聞《きか》せ知らしめよ」と見え、天平二年九月二十九日条には「阹《をり》を造りて多く禽獣《とりけだもの》を捕《と》ることは、先《さき》の朝《みかど》禁《いさ》め断《た》てり。擅《ほしきまま》に兵馬《ひやうめ》・人衆《ひとども》を発《おこ》すことは当今聴《ゆる》さず。而《しか》るに諸国仍《なほ》阹籬《をりかき》を作りて、擅《ほしきまま》に人兵《にんびやう》を発して猪・鹿を殺し害《そこな》ふ。計《はか》るに頭数無し。直《ただ》に多く生命《いのち》を害ふのみに非《あら》ず。実《まこと》に亦《また》章程《のり》に違《たが》ひ犯《をか》せり。諸道《みちみち》に頒《わか》ちて並《ならび》に禁《いさ》め断《た》つべし」という勅が出されている。聖武天皇の仏道帰依の思いによる殺生の禁断は、さらに、天平九年八月二日条に「月の六斎日《ろくさいにち》に殺生を禁断す」と見え、

天平十三年二月には牛馬の屠殺の禁断に加えて「『国郡司《こくぐんし》等《ども》、公事《くじ》に縁《よ》るに非《あら》ずして、人を聚《あつ》めて田猟《でんれふ》し、民の産業《なりはひ》を妨げて、損害実《そこなひまこと》に多し』ときく。今より已後《のち》は、禁断せしむべし。更に犯す者有らば、必ず重き科《とが》に擬《あ》てむ」という勅が出され、三月二十四日には六斎日の漁猟殺生の禁止だけでなく、「国司等、恒《つね》に検校《けんけう》を加ふべし」という勅が出されている。天平十五年正月十二日にも「七七日を限りて殺生を禁断し、及雑食《またざうじき》を断たしむ」、十七年九月十五日にも「三年の内、天下に一切の宍《しし》を殺すことを禁断す」、同十九日には「諸国をして有《も》てる鷹《たか》・鵜《う》を並《ならび》に放《はな》ち去らしむ」という具合であり、家持が越中国に赴任してからも、天平勝宝元年正月朔日に「天下の殺生を禁断す」と勅が出されていた。家持は国守として「恒に検校を加」える立場にあったはずである。

　家持の越中での鷹狩りの歌の存在は、殺生禁断の勅が地方においては守られていなかった実態を伝えるとともに、越中での鷹狩りの習俗を伝えるものといえる。天平勝宝元年十一月二十四日に、宇佐の八幡大神が託宣によって京に向かうにあたり、一行の経歴する国の殺生を禁断する勅がわざわざ出され、天平勝宝四年正月三日に「正月三日より始めて十二月晦日《つごもり》に迄《いた》るまで、天下に殺生を禁断す。但し、海に縁《よ》れる百姓、漁を業《なりはひ》とし、生存《いきながら》ふること得ぬ者には、その人数に随《よ》りて、日別《ひごと》に籾《もみ》二升を給ふ」と期間や対象を限定した勅が出されているのは、実態として勅が守られていなかった事情を伝えるものであろう。

判官《じよう》久米朝臣広縄《くめのあそみひろつな》が館に宴する歌一首

正月《むつき》立つ　春の初めに　かくしつつ　相《あひ》し笑《ゑ》みてば　時じけめやも

（巻十八・四一三七）

では、正月の「初笑い」の民俗が古代越中国に行われていた可能性も考えられる。越中万葉には、古代越中の風俗が豊かに残されているのである。

五　日付の記載

越中万葉の収載された巻十七から十九は家持の歌日誌の特長をもち、日時が記された歌が多い。我々は、

天平感宝元年閏五月六日より以来《このかた》、小旱《せうかん》を起こし、百姓の田畝《でんぼ》稍《やくや》くに凋《しぼ》む色有り。六月朔日に至りて忽《たちま》ちに雨雲の気《け》を見る。よりて作る雲の歌一首 短歌一絶

天皇《すめろき》の　敷きます国の　天《あめ》の下《した》　四方《よも》の道には　馬の爪《つめ》　い尽《つ》くす極《きは》み　舟《ふな》の舳《へ》の　い泊《は》つるまでに　古《いにしへ》よ　今の現《をつつ》に　万調《よろづつき》　奉《まつ》る官《つかさ》と　作りたる　その生業《なりはひ》を　雨降らず　日の重なれば　植ゑし田も　蒔《ま》きし畠も　朝ごとに　凋《しぼ》み枯れ行く　そを見れば　心を痛み　みどり子の　乳乞《ちこ》ふがごと

く　天《あま》つ水　仰《あふ》ぎてそ待つ　あしひきの　山のたをりに　この見ゆる　天《あま》の白雲《しらくも》　海神《わたつみ》の　沖つ宮《みや》
辺《へ》に　立ち渡り　との曇《ぐも》りあひて　雨も賜《たま》はね　（巻十八・四一二二）

反歌一首

この見ゆる　雲ほびこりて　との曇り　雨も降らぬか　心足《こころだ》らひに　（巻十八・四一二三）

右の二首、六月一日の晩頭《ひのぐれ》に守《かみ》大伴家持作る。

雨落《ふ》るを賀《ほ》く歌一首

我《わ》が欲《ほ》りし　雨は降り来《き》ぬ　かくしあらば　言挙《ことあ》げせずとも　稔《とし》は栄《さか》えむ　（巻十八・四一二四）

右の一首、同じ月四日に大伴宿祢家持作る。

の歌々の存在によって、天平感宝閏五月六日から六月四日に至るまでこんにちの高岡市伏木一帯の天候が晴れ続きであったを知ることができ、四日に雨が降ったことも知ることができる。

家持歌の日付記載は、越中国守赴任以前にも、

右の四首、天平八年丙子の秋九月に作る　（巻八・一五六九左注）

十年七月七日の夜に独り天漢《あまのがは》を仰《あふ》ぎて聊《いささ》かに懐《おもひ》を述ぶる一首　（巻十七・三九〇〇題詞）

十一年己卯の夏六月、大伴宿祢家持、亡《す》ぎにし妾《をみなめ》を悲傷《かなし》びて作る歌一首　（巻三・四六二題詞）

右の三首、天平十一年己卯の秋九月に往来す　（巻八・一六三六左注）

十二年庚辰の冬十月、大宰少弐《だざいのせうに》藤原《ふぢはらの》朝臣《あそみ》広嗣《ひろつぐ》が謀反《みかどかたぶ》けむとして発軍《いくさだち》するに依りて伊勢国に幸《いでま》す時に、河口の行宮《かりみや》にして内舎人《うちどねり》大伴宿祢家持が作る歌一首　（巻六・一〇二九題詞）

等々ないわけではなかった。しかし、巻十七以降の日付記載はそれらとは明らかに異なっている。鉄野昌弘氏（『大伴家持「歌日誌」論考』）の指摘するように、「それは、決しておのずから成ったものではなく、意志的に取捨選択し、相応しく題詞・左注を付された上で、配列されたもの」である。その意味においては日付は作品としての日付であり、そこに実際の日月をそのまま考えることは問題としても、まずは日月の記載を信じることに大過があるわけではない。

つまり、その日付に具体性があると言えるわけで、その点において古代越中国の情報を豊かに残してくれているといえる。

ところで、家持が、日月を記載する意思を抱いたのは何故か。

大伴家持の、越中での歌の世界は、平城京における天皇を中心とした中央政治に関わる歌の世界や多くの女性たちとの相聞の世界というおおむね人事的な歌の世界と異なり、政争から離れた、家持自身を中心とする歌の世界であり、越中の海山の美しい自然によって開かれた叙景的な歌の世界であった。家持は大君により任せられた初めての国守の任を忠実に務める中に、越中の風土に親しみ、その風土の素晴らしさが家持の歌詠を育んでいったといえる。

国守の職掌について、「戸令」(33)には、

　凡そ国の守は、年毎《としごと》に一たび属郡を巡り行《ある》きて、風俗を観《み》、百年を問ひ、囚徒《しゆづ》を録《ろく》し、冤枉《ゑんわう》を理《をさ》め、詳《あき》らかに政刑《しやうぎやう》の得失《とくしち》を察《み》、百姓の患《うれ》へ苦しぶ所を知り、敦《あつ》くは五教《ごけう》を喩《さと》し、農功《のうくう》を勧《すす》め務《つと》めしめよ。部内に好学《かうがく》、篤道《とくだう》、孝悌《けうたい》、忠信《ちうしん》、清白《しやうびやく》、異行《いぎやう》にして、郷閭《がうろ》に発《あらは》し聞ゆる者有らば、挙《こ》して進めよ。不孝悌《ふけうたい》にして、礼《らい》を悖《みだ》り、常《じやう》を乱り、法令《ほうりやう》に率《したが》はざる者有らば、糺《ただ》して縄《ただ》せ。其れ郡の境の内に、田疇《でんちう》闢《ひら》け、産業《せんごう》脩《ね》り、礼教《らいけう》設《まう》け、禁令行《おこな》はれば、郡領《ぐんりやう》の能《のう》と為《せ》よ。……

と記す。当然のことながら、巻十七の四〇二一から四〇二九に及ぶ九首の越中国郡の巡行に関わる歌は、勧農の施策の一つであり、国庁の財源政策でもある「出挙」という国守の任務の中で歌われたもので、「年毎に一たび属郡を巡り行きて、風俗を観、百年を問ひ、囚徒を録し、冤枉を理め、詳らかに政刑の得失を察、百姓の患へ苦しぶ所を知り、敦くは五教を喩し、農功を勧め務めしめよ」という国守の職掌に関わる。

越中三賦も、税帳使として帰京する折の土産の意味もあったにせよ、単なる土地讃美の歌にとどまらず「山野浜浦の処」(出雲風土記「総記」)の陳述として、風土記の撰進に類した国守の職掌としての意識の下に作られているといえる。

国守は「農桑を勧め課せむこと」(『職員令』)など国守の職掌と関わり、国から頒暦《はんれき》されていた。つま

り、家持は越中国守としての職掌から、暦を管理する立場にあった。中央において間接的に暦日を知るのと違い、直接その職掌として暦日を管理し、それに順って地方政治を行っていたのである。越中守赴任以後に顕著になる節月・暦月意識は、内舎人時代と違って暦の把握が必定である立場がもたらしたものと考えられる。

いずれにせよ、越中万葉の大きな特長と意義として、日時が明記された歌が多くあることによって、古代の越中国の風土・ことば・風俗についての記載に、具体性を加えていることに意義があるといえる。

もちろん、越中万葉の文学としての意義は大であり、それこそを明らかにすることが文学研究として重要である。しかしながら、越中万葉は地方歌群として、越中国（富山県ならびに石川県能登地方）にとって、他にかえがたい大きな意義を有しているのである。

注1　青木正児「子規と郭公」『青木正児全集 第八巻』

2　吉野正敏『古代日本の気候と人びと』（平成23年学生社刊）によると、七世紀前半から奈良時代の初頭までは寒冷であった。いいかえれば、飛鳥時代はやや寒冷な時代であったが、八世紀中ごろから急な温暖化がみられ、九世紀には一—二度の上昇が認められるという。

3　家持の「布勢の水海に遊覧する賦」に和した大伴池主の「敬みて布勢の水海に遊覧する賦に和ふる一首并せて一絶」（巻十七・三九九三、三九九四）、および家持の「立山の賦一首」に和した「敬みて立山の賦に和する一首 并せて二絶」とを合わせて「越中五賦」とも称す。

4　黒川総三「丹生の山と大伴池主の公館」（『万葉』第八十五号、昭和49年9月）

5　『物類称呼』（越谷吾山著）巻二には、「このしろ。此魚の小なる物を、京都にて、まふかりと云ふ。中国及び九州に、つなしと云ふ。（中略）今按ずるに、こはだと云ふ魚は江戸芝浦・品川沖・上総・下総の浦々より是を出す。西海にはこれなし。このしろの子にあらず。別種なり。駿河にてつなしと呼ぶは小鰭なり。この国にてこはだと云ふ物は、江戸にて、さっぱと云ふ魚なり。このしろ・こはだ・さっぱは是皆種類なり」との記述が見られる。田代秀明「三谷若宮神社の棟札について」（『愛知県水産試験場研究報告』第13号、平成19年3月）によるとツナシ、コノシロについては、①別名、②古称、③方言、④サイズによる区分、の四説に分かれるという。①は『三才図絵』巻第49「和名古乃之呂又云豆奈之」とあり、②は『大和本草』巻13の「鱅（コノシロ）」の項に「日本ニテ昔ハ此ノ魚ノ名ヲツナシト云」とあるもので、③は瀬戸内水産研究所のホームページにツナシをコノシロの地方名とし、和歌山、兵庫、岡山、山口、香川、愛媛をあげているもので、④は天保の頃に久留米藩士野崎教景が語彙収集した九州方言語彙集『久留米浜荻』に「大なるをこのしろ小なるをつなし」と記すもので、文化文政年間に成立した『浪速聞書』にも「『つなし』は、魚（コノシロ）の小なるなり」とするという。

6　高橋勇夫「四万十川河口域におけるアユの初期生活史に関する研究」（『高知大学海洋生物教育研究センター研究報告』23、平成17年3月31日）。一般的にアユの稚魚の体長は、初期の遡上群が最も大きく、時期が遅くなるに従い小型化することが報告されている。

7　田子泰彦「富山湾の湾奥部で成育したアユ稚魚の河川への回遊遡上」（『日本水産学会誌』68（4）、平成14年7月15日）。田子泰彦「富山湾の流入河川における遡上アユの大きさと水温の関係」（『水産増殖』52（4）、平成16年12月20日）の報告によると「庄川の遡上期間は3月31日~6月15日で、積算日数は27日~69日の範囲にあると算出された。初期遡上群の体サイズが最も大きい理由は、河川水温に耐えられるような大型に成長した個体から遡上が可能になるためと推定された。富山湾に流入する河川において、海産系の人工種苗の放流に際しては、河川水温が10度に達した時に体長9cm以上の大型個体から放流を開始し、河川水温が14度以上に上昇すれば体長6cm程度の小型魚でも放流が可能であると考えられた」とある。

8　神堀忍「国守大伴家持の巡行―天平二十年の出挙をめぐって―」（『国語と国文学』第71巻7号）は、同一時期の国司巡行の実態をよく伝えている天平九年の但馬国、天平十年の駿河国・周防国の各国正税帳の、春夏二時の正税出挙、当年度の官稲収納について所要日数を検出して、但馬国は春・夏とも十八日、収納二十一日、駿河国は春・夏とも二十一日、収納二十八日、周防国は春・夏とも二十一日、収納三十二日という数値を検出されているが、家持の出挙の日数については言及を避けている。森斌「家持天平二十年出挙の諸郡巡行歌の特質」（『広島女学院大学日本文学』12）は、「二月中旬を核ととした三週間程度、三〇〇キロメートルの旅行であった」と推定する。おおむね二十一日程の所要日数としても、その初めを何日にするかが問題である。同じ家持が天平勝宝二年には、四一五九の題詞に「季春三月九日に出挙の政に擬りて、旧江村に行く」と、三月の巡行を記していることを考えれば、私見としては二月の中旬以降三月初旬までの間の二十一日程度と考えたい。

9　「あへて」については、『童蒙抄』に「敢てとはそのまゝすゝみてと云義也」としたのを、『古義』に「喘ぎて」とし、『全釈』は「敢へて、押し切って、争ってなどの意である」とした。現在ではおおむね「押しきってで、できないことを強いてする意」（『窪田評釈』）、「敢えて、しいて、押しての意」（『全註釈』）、「敢行する意」（『注釈』）、「困難を冒して、強いて、の意」（『全集』）等々、「敢えて」の意に解されているが、その解釈は一定していない。

『全釈』が、「由良の崎は汐が干たらしい。船どもが白神の礒の岸を競って、騒ぎながら漕いでゐる。あれはあんなに急いで行って由良崎の汐干の潟で魚介の類を獲らうといふのだらう」と積極的な意で解するのに対し、『窪田評釈』は「これは、海岸寄りを漕ぐことになっている舟が、潮が引いて漕ぎにくくなったからである」とし、『全集』では「困難を冒して、強いて、の意」と語意を解した上で、「湯羅の崎は潮が干たらしい　白神の　礒の浦辺を　無理をして漕いでいる様子だ」と現代語訳している。『古典集成』も「満潮時なら何でもないはずの場所を、難渋しながら漕いでいる趣きを表わす」として潮が干たのが、航行の難儀であるように解している。『全注』ではさらに具体的に「ひき潮で水深が浅く漕ぎにくい状態なのを押し切って行くのである」とするが、竜骨《キール》をもった大型の構造船でなければ、むしろ潮が干て陸が近い状態は航行に都合がよかったのではないか。一六七一歌の前には、

三名部の浦　潮な満ちそね　鹿島なる　釣する海人を　見て帰り来む　（巻九・一六六九）

と鹿島で釣をする海人を見たいがために潮が満ちないことを願っているのである。

朝開き　漕ぎ出て我は　湯羅の崎　釣する海人を　見て帰り来む　（巻九・一六七〇）

という願望のために潮が干たのを好機として、ここぞとばかりに漕ぎ出したのが、「あへて漕ぐ」意であったとも考えられる。「年魚市潟　潮干にけらし　知多の浦に　朝漕ぐ舟も　沖に寄る見ゆ」（巻七・一一六三）と、潮が干たので沖に寄る例もあるが、これは「潟」近い海なので、白神の礒とは状況が異な

る。

10　『石川県立郷土資料館紀要』第6号（昭和50年）「海士町・舳倉島」。『日本民俗文化史料集成1　海女と海士』に「海女が海にもぐるとき、舟のホテ（側）をオービガネで何度もたたく。これをカネウチと称し海の魔物が逃げ出すといわれた。その音が竜宮に届くようにたたき「エベス様、エベス様」ととなえてドボンと入った」という木村いよの伝承を紹介している。また、『日本民俗文化体系5　山民と海人』には豊漁祈願のエビス信仰として、「海人が海に潜ろうとするとき、貝などをおこすカネで舷《ふなばた》を叩き、エベスサマと唱えてから跳び込むという」民俗を紹介している。

＊万葉集の引用は、『万葉集 CD-ROM 版』（塙書房）による。

氷見市布施の円山と「大伴家持千百年祭」

関　隆司

一　はじめに

富山県氷見《ひみ》市布施《ふせ》に、「布勢の円山《まるやま》」と呼ばれる小山がある。

標高二八、八メートルの頂上には、延喜式内社に比定されている布勢神社と、大伴家持を祀る御影社《みかげしや》が前後して鎮座している。どちらも南向きに建つのだが、平成六年（一九九四）に、御影社のさらに北側で、径六メートルほどの円墳（「布施円山古墳」と呼ばれる）が確認され、布勢神社の社殿が建つ基壇部も古墳だったのではないかと想像されている。事実、布勢神社はかつて平地にあったものを、ある時、円山山頂に遷座させたという伝承も残っているようである。

古い史料に記されていない史実はともかく、現在の布勢神社境内に二つの万葉関連碑が向かい合って建っていることは、よく知られているであろう。歌が刻まれていないため、「歌碑」ではなく「関連碑」

（布勢神社）

（「大伴家持卿遊覧之地」碑）

（「大伴家持卿之碑」銅碑）

と呼ばれている二基には、それぞれ「大伴家持卿遊覧之地」と「大伴家持卿之碑」と記されている。

布勢神社社殿に向かって左手に建つのが、「大伴家持卿遊覧之地」碑である。県下最古の万葉関連碑として有名である。碑の正面に「大伴家持卿遊覧之地」とだけあり、裏面から側面にかけて建碑の経緯が刻まれている。残念ながら風化が進み、現状から全文を完全に復元することは難しいが、幾つかの書物にその内容が記されて伝わっており、享和二年（一八〇二）に建てられたものと考えられている。

その県内最古の万葉関連碑と向かい合って、社殿に向かって右手に建つのは、立派な二段の石組の台座の上に、砲弾のような形に「大伴家持卿之碑」と記した銅碑である。昭和十八年（一九四三）に供出され、長く基壇のみであった。現在見るものは、昭和三十六年（一九六一）に再鋳されたものであるという。

第四高等学校教授であった鴻巣盛廣が、昭和二年（一九二七）に円山を訪れた際の感想を、「布勢水海旧蹟遊覧」で次のように記している。


…車は小さな村落のうちに入つて、やがて小丘陵の下で止つた。こゝが目ざして来た布勢の円山であつた。

登らうとして仰ぎ見ると、石磴数百階そゝり立つて、極めて急峻である。その上、手入が届いてねないので、石の配列が不揃で、且つ雑草に埋れてゐる。登るには頗る困難だ。…（中略）…辛じて登りつめると、二つの碑が相対して立つてゐる。左方のは大伴家持卿遊覧の碑とあつて、山有高なる人が、梅宮の祠官橘経亮に計つて花山藤公に嘱して、享和二年五月十八日に建てた由を記してあり、右方のは筆の形かと思はれる銅碑で大伴家持卿之碑と記し、其の台石に重野安繹氏の撰文が刻まれてある。明治三十三年に建てられたもので、戦勝記念碑か何そのやうな感じのするいやなものだ。

（「奈良文化」十二号　昭和二年）

右に記された「山有高」なる名は、この時までに翻刻紹介されていたものには「山有香」や「山本有香」とされており、現在も「山有香」と読みとることができる。「奈良文化」の誤植の可能性もあるのだが、高と香で音が重なるので鴻巣が説明を聞き誤った可能性もある。

ここでは、「戦勝記念碑か何そのやうな感じのするいやなものだ」という銅碑の基壇にはめられた銅板に注目したい。それには、漢文が記されている。戦時中の供出を受けなかったという銅板の書式に倣い、文字遣いも可能な限りそのままに掲げておく。

大勲位彰仁親王題字
大伴家持卿天平年間爲宰越中六
載雖其施治之跡不得詳而就萬葉

集考之春秋按行部下跋渉勝區與
其僚屬吟詠倡和忠愛之情見于詞
其察民隠布　朝恩循吏之績推而
可知矣往年予北游過古國府址仰
圓山臨布勢湖訪里人以其題詠地
徘徊願望不能去也圓山有御影祠
祀家持卿頃有志者欲樹碑祠側以
表卿遺徳屬文余顧卿之撰萬葉傳
千古國典嘉惠後學功極偉矣况越
中其所親莅風化之存于今誦其歌
玩其詞有不油然興感者乎余深嘉
斯擧之益世也於是乎書
　勅撰議員文化大學教授正四位勲三等文學博士重野安繹撰
　勅撰議員錦雞祗侯正四位勲三等金井之恭書

冒頭の「題字」は、この説明板ではなく、「大伴家持卿之碑」を指す。六行目の一字空白はママである。

十行目「欲樹碑祠側以表卿遺徳」の碑が、県内最古の「大伴家持卿遊覧之地」碑である。最終行の「錦雞祇侯」は、正確には「錦雞間祇侯《きんけいのましこう》」と記すべきで、明治半ばに設けられた勅任官に準じる肩書きである。

注意したいのは、ここに「明治三十三年」を示す記述が無いことである。鴻巣は「明治三十三年に建てられた」と明記しているが、この説明板ではじめて知ったわけではないはずなのだ。

そもそも、鴻巣がこの円山を訪れることにしたのは、万葉集だけの知識ではあり得ない。万葉集には、「布勢水海」が詠まれ、いくつかの地名が詠み込まれてはいるが、「円山」はうたわれていない。

それでも円山が越中万葉故地とされているのは、郷土愛の歴史があるからである。

大伴家持が愛した「布勢の水海」に関連する故地として、氷見市の「田子浦藤波神社」と、「布勢の円山」をあげることができるだろう。どちらも、越中万葉に関わるさまざまな故地の中で、特に多くの人々が訪れる地として有名でもある。しかし、田子は万葉の故地としてではなく、『おくのほそ道』の故地として訪れる人が多いのであり、円山も、布勢神社境内に建つ県内最古の万葉関連碑と、御影社が大伴家持を祀っているので、訪れる人がいるのである。

そのせいだけとは言えないのだが、円山に建つもうひとつの関連碑が、明治三十三年に県下をあげて開催された大伴家持千百年祭に関わる貴重なものであるという事実が忘れ去られてしまっているのは、大変残念なことである。

本稿は、明治・昭和の円山に関わる資料を詳しく紹介して、越中万葉研究史の一端を補うとともに、後世へ正しく伝えたい。

二 明治の資料

明治四十二年（一九〇九）九月刊行の『氷見郡志』に次のようにある。

明治三十三年檜垣知事以下県官郡市長及郡内世話人惣代岩間覺平、陸田又五郎、矢崎嘉十郎、服部政則の諸氏発起となり大伴家持卿千百年祭を執行し同時に山上に紀年の銅碑を建設して卿の遺徳を不朽に表せられたり

右の文章に見える山上に建設した「紀年の銅碑」が、「大伴家持卿之碑」である。明治三十三年に、富山県知事を筆頭とした発起人による「大伴家持卿千百年祭」が行われたことがわかる。

布勢神社後方に鎮座する御影社の、現在の社殿は、昭和六十年（一九八五）に、家持の没後千二百年を記念して建てられたものである。

大伴家持は、延暦四年（七八五）八月二十八日に亡くなっている。没後千百年は、明治十八年（一八八五）であった。

明治二十九年（一八九六）六月刊行の「國學院雑誌」（二巻八号）には次のようにある。

●大伴家持の千百年紀年祭　聖武其の他の朝に仕へたる、従三位中納言大伴家持卿は、当時独り和歌を以て聞えたるのみならず、其の越中守たりし時の如き、治績頗顕はれたれば、越中氷見郡布施村布勢の丸山なる同卿の屋敷跡ハ、今なほ一名蹟として同国人の間に持て囃さるゝ由なるが、本年ハ其の薨去せる延暦四年より已に千百十二年となりたれば、富山県の有志者ハ、来る十月を期し、千百年の紀年祭を挙行せんと、目下頻に計画中なりと云ふ。

（八十七頁「時事」欄）

貴重な資料なので全文を掲げた。

「本年」（明治二十九年）が、家持の「没後千百十二年」に当たるので、「来る十月を期し、千百年の紀年祭を挙行せん」としていたのである。千百十二年だから千百年祭というのは、納得できる説明ではないが、右の記事によれば、明治二十九年に千百年祭が行われるはずであった。

『氷見郡志』より二か月後れて、明治四十二年十一月、高岡市の學海堂から上下揃いで発行された『万葉越路廼栞』という書物がある。ここにも、先に紹介した銅板の文字が翻刻されているのだが、そこには「勅撰議員錦雞間祇侯正四位勳三等金井之恭書」とある。原稿が正しく鋳刻が誤ったのか、後に誤りに気づいて、この書では直したのかは不明だが、「錦雞間祗候」と正しく記されている。それは、この書の著者が、千百年祭に関わった高澤瑞信だからではないか。

『万葉越路廼栞』の「開題」で、高澤は次のように説明している。

> 此書の開巻に大伴宿禰家持卿の略伝を挙げたるは卿と吾越中の国とは深因あることを表さんの意志を以てなり去ぬる明治三十三年に同卿を祭祀《マツ》れる氷見郡布勢湖中なる圓山《マルヤマ》の御影《ミカゲ》社に壹千百年の紀年として銅碑を建設し大祭を執行せし折に己れ卿の略伝の一小冊を書したるあり今其を増補して此を開巻に挙げたり

同書には、右に見える「卿の略伝の一小冊」に付した木村正辭の序文が掲げられているのだが、それによれば、『大伴宿禰家持卿畧伝』という小冊子だったようである。残念ながら、筆者はいまだ実物を確認できていない。

『万葉越路廼栞』は、「東宮殿下　北陸行啓紀年」で出版されたとある。東宮（後の大正天皇）が富山へ入ったのは明治四十二年九月のことである。『氷見郡志』もそれに合わせて刊行されたものと想像して良いのだろう。

郷土顕彰を目的とした内容のため、細かな説明がない(1)。

なぜ、明治三十三年だったのか、明治・大正の記録には十分な説明がない。

三 平成の資料

富山県内唯一の神道博士だった故高尾哲史氏に、「神となった家持―新旧家持神社の由緒沿革にみる慰霊・顕彰行為の実態―」（「大伴家持研究」5号、平成十七年）という好論がある。

その「3．布勢の御影社」の中で「ｉ，御影社の創祀と名称」として、家持を祀る御影社の変遷について詳しく触れている。そして「ii，没後1100年祭り」があり、明治三十三年の記念祭について貴重な記述がある。少々長いが引用する。なお、原文は横書きのため、本稿では一部見にくい点がある。

かくの如く、布勢の地において崇敬を集めた家持神社・御影社であるが、時は明治に至ってにわかに世間の注目を集める事となった。家持没後1100年（1885）を期し、明治33年（1900）11月に「大伴家持卿遺徳顕彰千百年記念祭」が開催されたからである。祭典は当時の県知事・檜垣直右を祭主とし、同月17日より三日間に渡って催された。この時、布勢神社境内に「大伴家持卿之碑」が建てられ、除幕式も盛大に行われた。同碑は花崗岩の台座の上に筆の穂先を象った銅碑で、総高5mに及ぶ。題字は小松宮彰仁親王揮毫、撰文は史家・重野安繹、書写は金井之恭である。同碑は県下一般・戸毎に五銭宛の献金を得て成ったもので、全県を挙げた記念事業であった事が窺われる。加えて、全国より募った献詠集の出版や、楠木十株の記念植樹も行われた。

右に見える「県下一般・戸毎に五銭宛の献金」、「献詠集の出版」、「楠木十株の記念植樹」が、どのような資料に依っているのか、本稿筆者は明らかにできていない。

さらに次のように続く。

この祭典挙行と記念碑建立にあたり尽力したのが、氷見市北八代に坐す箭代神社の神職にして、国学者の高沢瑞信（1844-1915）である。彼の父瑞穂は平田篤胤に師事し国学を修め、神典研究に励み学塾「鞆之舎」を開くなどした学究であったが、彼も又その遺風を受け継ぎ、万葉古跡調査研究の成果を『万葉越路廼栞』上下巻に著した。同書は父瑞穂が郷土の万葉遺跡を探訪・考察した資料に基づき、一首ごとに実地踏査の上、在地伝承をも参考にしつつ実証的にまとめたものであり、子息真臣の協力もあったので足掛け三代の共著とも言える。その巻頭に「大伴宿禰家持卿略伝」が載せられているが、これは件の家持1100年祭において参列者に配布されたもので、略伝とは言え13頁に及ぶ長文で、文学博士・木村正辞が校閲している。瑞信が1100年祭に込めた思い入れが感ぜられる。家持の喜びもひとしおであったろう。

以上の説明は、どの資料よりも詳しくはあるのだが、残念ながら、明治三十三年となった理由には触れていない。また、『万葉越路廼栞』に載せる略伝を「参列者に配布されたもの」とあるのは、先に引用した高澤の巻頭言を信じれば、明らかな誤りである。

実は、本稿が紹介したい高尾氏の記述は、ここから先にある。

太平洋戦争に突入するやはたまた御影社は世間の注目を集めるようになる。近郷矢田部の有志・枇杷簑太郎氏を中心に、御影社を「別格官幣社」に昇格させようとする運動が起こったのである。別格官幣社とは、明治以降の「近代社格制度」（戦後廃止）において、官幣大社・中社・小社に次ぐ位置にあり、宮内省から供物「官幣」を受ける国家運営の神社であって、靖国神社・日光東照宮等、国家に功績顕著な人臣を祀る28社が列格していた。『官国幣社昇格内規』は、別格官幣社に昇格・列格すべき神社の条件を次の如く定めている。

国乱ヲ平定シ国家中興ノ大業ヲ輔翼シ、又ハ国難ニ殉ゼシモノ、若シクハ国家ニ特別顕著ナル功労アルモノニシテ、万民仰慕シ、其ノ功績現今已ニ祀ラレシモノニ比シテ譲ラザルモノ

家持生前の官位は従三位中納言であり、国家に対する功労は十分果たしていると言える。また、

万葉歌人としてだけでなく、戦時中は出征兵士を送る歌、「海ゆかば」の作者としてまさに「万民仰慕」の対象となるに遜色無き存在であった。即ちその家持を全国唯一祀る御影社こそ、別格官幣社に列格し得る神社と言えよう。―（中略）―

御影社が別格官幣社となれば、地元にとっても非常な名誉となったはずである。故に布勢の氏子住民をあげて昇格運動が展開されたかと思われたが、事実は逆であった。氏子住民は御影社が地元の手を離れ、「国家の運営」に帰する事を不満に感じたのである。「あくまで家持と御影社は『地元の宝』のままであって欲しい―」そんな思いがあったのだろう。戦況の悪化もあいまって、昇格運動は沙汰やみとなり終戦を迎えた。「大君の辺にこそ死」なんと欲した家持であるから、彼にとって宮内省の「官幣」は望むところであったろうが、氏子住民に抱き着かれては何とも致し方無かったであろう。

右は、他の資料に見ることができない内容なので長く引用した。ただし、地元住民の話など、史料的な裏付けを取ることまではしていない。

四　昭和の資料

前稿で紹介した高尾氏の文章に見える「矢田部の有志・枇杷籛太郎氏」が編纂した『布勢之圓山』という小冊子が、富山県内のいくつかの公共図書館に残されている。全部合わせても十冊に満たない。

これは、

昭和十年ハ卿薨去ノ千百五十年ニ相当スレハ夫迄ニ御蔭明神社ヲ村社布勢神社ニ合併シテ縣社ニ昇格シ其ノ記念祭ヲ執行センコトヲ江湖ニ訴フルモノナリ

として編纂されたようである。

昭和十年（一九三五）は、間違いなく家持没後千百五十年であった。それに合わせて、まず、御蔭明神社（御影社）を「県社」に昇格させようとしていたのである。

高尾氏が記述した内容は、戦時中の「別格官幣社」への昇格であったが、それ以前から動きがあったということになる。

そればかりではない。この書に、すべての答えが記されていた。

なかなか目にすることができない資料なので、必要な部分を可能な限り紹介しておこう。

此レハ浅陋鐩太郎カ少壮時代則チ明治二十八年万葉集耽読ノ折大伴家持卿ヲ追慕ノ余リ卿ノ伝記年代ヲ調査シタルニ明治二十八年ハ卿ノ薨去セラレタル延暦四年ヲ去ルコト一千百十一年ナリシ　因リテ卿ノ千百十一年記念祭ヲ執行シ天下ノ風流人士ニ告ケ大伴家持卿　布勢水海ヲ兼題トシテ汎ク和歌俳句漢詩文章ノ奉献ヲ請ハントシ其方法ヲ考ヒ及ヒ友人知己ニ語ラヒ居タルトコロ第四高等中学校教授高橋富兄先生ノ御耳ニ聞へ

大伴家持千百十一年祭

家持卿　人皆の　仰かさらめや　新高の　山より高き　君かいさをゝ

ト詠セラレタリ

始まりは明治二十八年だったのである。先に紹介した「國學院雑誌」の記事は、この話である。明治二十八年が、単純に、家持没後「一一一一年」に当たるという偶然を面白く思い、飛びついたのだ。だから、最初は「和歌俳句漢詩文章ノ奉献」だけを予定した記念祭だったのである。

それが、大きく変化したのは、枇杷が氷見郡の郡会議員になったことによるという。

明治三十年七月浅陋籛太郎カ氷見郡会議員ニ当選シタルヲ以テ時ノ氷見郡長福田伊八氏ヲ説キ前越中守大伴家持卿千百年記念祭執行協賛会ヲ設置シ時ノ富山県知事安藤謙介氏ヲ会頭ニ氷見郡長福田伊八氏並ニ氷見郡会議長陸田又五郎氏ヲ副会頭ニ推戴シ氷見町長岩間一平氏ヲ幹事長ニ岩間覺平氏、矢崎嘉十郎氏、陸田茂吉氏ヲ幹事ニ高澤瑞信、枇杷籛太郎、前田又次郎ヲ専任幹事ニ嘱託シテ同年九月二十一日ヨリ向フ一週間記念祭ヲ執行シ和歌等ノ献詠ヲ募集スルコトニ決定シ…

とある。枇杷が郡会議員になったため、郡長から県知事までを含む、大きな動きに変化したのである。これも偶然であったのだろう。

「九月二十一日ヨリ向フ一週間記念祭ヲ執行シ和歌等ノ献詠ヲ募集」とあるから、この段階でも例の銅碑の話は出てこない。しかも、明治三十年である。銅碑を建てた「千百年紀年祭」は明治三十三年であった。

県知事を動かし、日程まで決定した明治三十年の「前越中守大伴家持卿千百年記念祭」が開催されなかったのは、ウンカの発生によるのだという。

…献詠ヲ募集スルコトニ決定シ其ノ準備ニ着手東奔西走セシトコロ不幸ニシテ八月田圃ニ浮塵子発生シ官民挙ケテ其ノ駆除蔓延ノ防禦ニ従事セサルヘカラスシテ他ニ意ヲ傾クル暇ナキニ至リシカハ

記念祭執行ヲ無期延期スルノ止ムヲ得サルニ至レリ　越テ明治三十二年三月浅陋籛太郎ハ税務属ニ
任セラレ尋テ裁判所書記ニ任セラレ富山ニ赴キシカハ遺憾ナカラ之ヲ打捨テタリ

この明治三十年のウンカ発生は、近代日本の農業史や災害史で必ず取り上げられるほどの災害であり、さまざまなデータが出されているが、農事試験場に「昆虫部」が開設されたきっかけであると言えば、どれほど深刻な事態であったか想像できると思う。

本稿に関わる史料を掲げておく。

二〇一　ウンカ予防につき注意方告諭

○富山県告諭第一号

…縦令虫害ヲ蒙ラサル町村ト雖モ右被害町村ノ惨状ニ鑑ミ此際勤倹貯蓄ノ方法ヲ設ケ冠婚葬祭等奢侈ニ流レサル様注意スヘシ

明治三十年十月二十二日

富山県知事　石田貫之助

（『富山県史　史料編Ⅶ　近代上』六二七頁）

これでは、知事を会頭と執行協賛会が記念祭を行うわけにはいかないだろう。当然中止となる。

なお、右に見える石田知事は、この年四月に安藤謙介に変わって就任したばかりであった。

当時の富山県知事は、官選であり、次のように交代している。

安藤謙介　明治二十九年四月～明治三十年　四月
石田貫之助　明治三十年　四月～明治三十一年二月
阿部浩　明治三十一年二月～明治三十一年八月
金尾稜厳　明治三十一年八月～明治三十三年一月
檜垣直右　明治三十三年一月～明治三十五年二月

すると、先に紹介した枇杷の一文にある「時ノ富山県知事安藤謙介氏ヲ会頭ニ」が疑わしくなるのだが、これは、最初に予定した明治二十九年の記憶に引きずられたためか、もしくは「前知事」なのかもしれない。他に史料がないので不明としておく。

ウンカの大発生と枇杷の転任で中止になった記念祭が、結局明治三十三年に開催されたのは、高尾氏の指摘通り、高澤の活動による。

枇杷の記述を続けよう。


然ルトコロ明治三十三年七月前田又次郎、高澤瑞信ノ両氏愚老カ意志ヲ継キ再タヒ該記念祭ヲ執行センコトヲ発起シ之ヲ服部政則ニ謀リシカハ政則ハ和歌等ノ献詠募集ヲ廃止シ我カ祖先叔信ハ石碑ヲ建テタレハ吾レハ銅碑ヲ建立セント申出テ岩間覺平亦之レニ賛成シ陸田又五郎、岩崎嘉十郎ヲ説キテ世話人総代ト為シ時ノ富山県知事檜垣直右、内務部長鈴木隆、参事官松田啓太郎、上新川郡長國枝逸蠖、中新川郡長奥田貞濟、下新川郡長吉田安喜、婦負郡長石坂專之介、東礪波郡長秋永蘭次郎、西礪波郡長前田則邦、射水郡長藤井務、氷見郡長松山顧武、富山市長市川伯孝、高岡市長筏井甚吉ヲ発起人トシ富山県一円ヨリ浄財ヲ募集シテ此ノ銅碑ヲ建立シ同年十月十五日ヨリ三日間村社布勢神社ニ於テ大伴家持卿千百年祭ヲ執行シタリ

なぜ、明治三十三年だったのか。なぜ枇杷の計画していた和歌等ノ献詠は無くなったのか。なぜ銅碑が建っているのか。その答えが記された唯一の史料である。

しかし、ここには高尾氏の触れた「五銭」や「記念植樹」の話はない。県社への昇格を願う冊子に、すべてが記されているわけではないのだ。

五 おわりに

「布勢の円山」とは、万葉集に詠まれた「布勢水海」と、「氷見郡布施（勢）村」を愛する人々が育てあ

げた、近代の万葉故地である。

そこに多くの高岡の人々が関わっていたことも、間違いのない事実である。

ただ、本稿では、よく知られた高岡町人と布勢の円山の関わりにはあえて触れなかった。その代わりに、高岡市二塚の白山神社に生まれ、大伴家持の研究を続けていた高尾哲史氏の記述を紹介した。

高尾論には、もう一点、枇杷の残さなかった事実が記されている。他の史料を見つけられないため、この史料もまた、後世唯一のものとなるのかも知れないので、最後に紹介しておこう。


ところで驚くべき事に、1100年祭でも1200年祭でも、主役として神と祀られる家持はその感情を霊威として発揮させるに至った。いずれの祭りにも豪雨を降らせたのである。それは不満ではなく、感激の情を表した「感涙」であったのだろうか。1100年祭に降った雨は円山を囲む平野を水浸しにさせ、あたかも家持赴任当時の布勢水海をその地に再現させたと伝えられている。慶賀行事のため円山に集まった近村の獅子舞連中は皆船を用いる羽目になったとも云う。記念すべき祝典にあたって懐かしき千古の景色を現出させる神の行為は、喜びの表れであるように思われる。祭典の参列者たちも、豪雨の中その景観に思いをはさせた事であろう。

抒情に流されすぎているが、郷土愛が作り上げた近代万葉故地の、作り上げる苦労と事実の記録はほとんど残されていないので、これもまたいつか貴重な資料となるだろう。
高尾氏は、家持千二百年祭について次のように記している。

こうした1100年祭の豪雨は伝説化していたので、1200年祭の執行者に心の準備をさせるに至った。念には念を入れ御影社の周囲にはテントが用意された。そして祭典が開始され、宮司が新造社殿の石段に足を一歩踏み出したとき、豪雨となったのである。人々は「今度も又降ったか」と囁き合ったと言う。流石に千古の水海を再現するには至らなかったようだが、家持の感涙は再度式典を濡らしたのである。

それは家持が布勢の地で発揮し続けた「水影大明神」の霊験なのかも知れない。

どのような資料を基にしたのか、まったくわからない。本人に問い尋ねることは、もはやかなわない。多くの人々の記憶だけに残っている事実を文字化しておかなければ、事実そのものも、やがて消えていってしまうであろう。
多くの方々のさまざまな御教示を恃む次第である。

注1　昭和五年に、高岡市の「太刀山歌会」が刊行した、北浦一郎編『布勢神社　日宮神社　献詠歌集』という小冊子がある。その目次に「一、大伴家持卿」とあるのだが、内容を確認すると、「大伴宿禰家持卿畧伝」となっていて、明治三十三年の紀年祭について触れているのである。恐らく、この文章が、記念祭当日に配布されたものなのではないだろうか。途中に脱文があると想像されるのだが、次に掲げておくことにする。なお、新字に直した。

大伴宿禰家持卿略伝

大伴宿禰家持卿は、大納言従二位旅人の子なり、其の始め内舎人より進みて、官は中納言、位は従三位に至れり、卿は橘諸兄公と共に万葉集の撰者たり、此の万葉集は国家の宝典万世不刊の書、天平勝宝三年七月少納言となり越中の国守に任せられぬ、射水郡伏木国府にありて国政を執らる、家持卿は博学にして、才気あり、能く国内を治め、兼て歌道に通せり、万葉集巻十八に載する所の賀陸奥国出金詔書歌に、大伴の遠つ神祖の其の名をば大来目主と、負ひ持て仕へし官、海行ば水漬屍山行ば草生屍、大皇の辺にこそ死め、云々と詠じたりしを見れば勤王愛国の人にして、且大丈夫たるを知るべき也、卿は越中の守たること約六年間その事蹟多かるは論を竢たず、晩年出羽に行く征東将軍となる、左少弁継人等中納言藤原種継を殺す事発覚して捕へらる訴して曰く家持謀主たりと此に於て名籍を追除して子永主を隠岐に流す後赦還に遭ふ、桓武天皇遺詔して家持本位に復せしむ家持卿の死詳ならずと雖も、明治三十三年を距る千百拾六年なりといふ、布勢神社に於て、明治三十三年拾月家持卿千百年祭行はる。

大伴伴持卿紀年碑

題字
大伴家持卿碑
右
大勲位彰仁殿下御染筆。
大伴家持卿碑記略す明治三十三年七月
勅撰議員文科大学教授正四位
勲三等文学博士重野安繹譔
勅撰議員錦鶏間祇侯正四位
勲三等金井之恭書

発起人
富山県知事　檜垣直右　鈴木隆　松田啓太郎
國板逸蠖　奥田貞樹　吉田安喜
石坂専之介　秋永蘭次郎　前田則邦
藤井務　松山顧武　市川伯孝
筏井甚吉

世話人惣代　岩間覺平　陸田又五郎　矢崎嘉十郎
服部政則

なお、「天平勝宝三年七月少納言となり越中の国守に任せられぬ」、「大伴伴持卿紀年碑」、「錦鶏間祇侯」

はママである。「奥田貞樹」と「矢崎嘉十郎」は、枇杷の文章にはそれぞれ「奥田貞濟・岩崎嘉十郎」とあった。

ちなみに、この冊子についていたという木村正辭の序文が、『万葉越路廼栞』に掲げられているのだが、そこには、次のように正確な記述がある。木村の名誉のために付け加えておく。

…凡卿の事蹟を徴すべきもの万葉集に及くはなし其歴任の如きも天平勝宝三年少納言に遷任の事本集第十九に出たるを紀には漏れたり…

【補記】

式内社研究会編『式内社報告　第十七巻　北陸道3』の「13布勢神社」【参考】に、「大伴家持郷千百年祭主意書」の一部が引かれており、その添付として重野安繹の「家持郷略伝叙」も掲載されている。この著者は氷見市十二町の日宮神社宮司である。氷見市内の社家には、千百年祭の主意書が残っているのだろうと想像されるが未見。

立山はなぜ歌枕にならなかったのか

――『萬葉集』享受研究の一助として――

新谷秀夫

一　はじめに

　富山の観光地と言えば、世界遺産になっている南砺《なんと》市の五箇山《ごかやま》相倉《あいのくら》合掌造《がっしょうづく》り集落や《立山《たてやま》》（以下、個別の山ではなく連峰を意識して発言するとき《立山》と表記する。なお四節の《白山《はくさん》》も同様である）を思い浮かべる人が多いだろう。なかでも《立山》は、ゴールデンウィークのころ、「雪の大谷《おおたに》」と呼んでいる道路の除雪によってできた最高二十メートルに及ぶことがある雪の壁を通り抜けるのが人気であり、日本だけでなく外国からもたくさんの観光客が訪れている。同じころ砺波《となみ》市では、国内最大級六五〇品種二五〇万本が彩るチューリップフェアが行われているので、雪と花を楽しみながら合掌造り集落に宿泊し、時季であるホタルイカを堪能しつつ、ゆっくりと富山を満喫する旅行などはいかがであろうか。

　ところで、この《立山》は、もちろん現地を訪れて満喫するのがいちばんだが、じつはもうひとつの楽しみ方がある。それは、下の写真のように高岡市の雨晴《あまはらし》海岸あたりからか、もしくは氷見《ひみ》市の海岸から海越しに眺める楽しみ方である。平成二十六年に富山湾は「世界で最も美しい湾クラブ」に加盟した。その売りのひとつが、この《海越しの立山》である。とは言え、天候に影響される景観なので、高岡や氷見を訪れたことがある萬葉愛好家の方でも、実見したことがない人もいるかもしれない。《立山》を海越しに眺められるのは冬が多いのだが、「なかなか冬の富山を訪れるのは…」と躊躇される方も多いことだろう。たしかにそれなりの積雪が記録される富山を冬に訪れるのは覚悟がいる。しかし、富山の冬と言えば真っ先に寒ブリがイメージされるように、冬の富山湾の美味しい魚を食するためにも、ぜひ一度はお越しいただき、この《海越しの立山》もご覧になっていただきたいものである。

さて、長々と観光案内めいたことを書いたのには理由がある。現在観光地となっている景勝地のなかに、じつは古典和歌のなかで歌い継がれていた《歌枕《うたまくら》》が含まれているからである。《歌枕》は、歌人たちにとっては、ある種あこがれの地であった。都やその周辺という限られた世界で生活していた歌人

にとって、それ以外の地域の《歌枕》は、なかなか実見できる場所ではなかったはずである。見たいけれども見ることができない景勝へのあこがれは、《歌枕》を歌い継ぐことで脈々と伝えられ、その一部が現在観光地となっているのである。

それでは、富山ゆかりの《歌枕》にはどのようなものがあるのだろうか。片桐洋一氏「諸国歌枕一覧」(同氏編『歌枕を学ぶ人のために』世界思想社刊　平６・３)が、平安時代から鎌倉時代の和歌に詠まれていることを基準に、つぎの六つを挙げているのが参考になる(なお、典拠になったと思しい萬葉歌を括弧のなかに示しておく)。

・荒磯海《ありそうみ》(巻十七・三九五九［越の海の荒磯］)
・多祜浦《たこのうら》(巻十九・四二〇〇、四二〇一)
・礪波関《となみのせき》(巻十八・四〇八五)
・奈呉海《なごのうみ》(巻十七・三九八九、巻十八・四〇三二、四〇三四、四一〇六)
・二上山《ふたがみやま》(巻十六・三八八二、巻十七・三九五五、三九八五、三九八七、三九九一、四〇〇六、四〇一一［二上の山］、四〇一三［二上］、巻十八・四〇六七［二上の山］、巻十九・四一九二、四二三九［二上の峰］)
・三島野《みしまの》(巻十七・四〇一一、四〇一二、巻十八・四〇七九)

平安時代末期から鎌倉時代あたりになると、『萬葉集』享受が明白な形であらわれてくる。したがって、それ以降はもう少し《歌枕》として歌い継がれることになる場所が増えているが、それでも《立山》は含まれない。片桐氏が挙げた六つについても、以前、末尾に参考文献として掲出した拙稿Eおよび小著Fで詳細に述べた「荒磯海（有磯海）」を除くと、後世の和歌においてさほど歌われていたとは言えない状況にあることは看過できない。

さきに結論をまとめておきたい。藤原範兼《のりかね》『五代集歌枕《ごだいしゅううたまくら》』などの名所歌集や順徳院《じゅんとくいん》『八雲御抄《やくもみしょう》』などの歌学書が取りあげた《歌枕》のすべてが歌人たちに認知されていたわけではない。それらはあくまでも《歌枕》を網羅することに目的があり、そのために和歌に詠まれた地名をあまねく集めているにすぎないことを忘れてはならない。したがって、『萬葉集』に歌われている地名だからと言って、すべて《歌枕》として定着していったわけではなく、その地名に付加価値――たとえば、掛詞《かけことば》として使用できるか、その地名ゆかりの景物が存在するか、など――がなければ、歌い継がれる《歌枕》とはなりえなかったのである。そのため本稿では、あくまでも実際に和歌に詠まれた実例がいくつか確認できるものを《歌枕》として扱う。

本来ならば、富山県ゆかりの萬葉歌に歌われている地名すべてについて検討を加えなければならないが、先掲した拙稿E・小著Fに続いて個別に検討を加えたいと考え、本稿では、片桐氏が《歌枕》に挙げた六つのうち、『萬葉集』においてもっとも歌われている「二上山」と、《歌枕》に数えられていない《立山》を取りあげて、いささか検討を加えてみたい。

◆二　「二上山」のほととぎす

天平十八年（七四六）八月に越中に赴任してきた大伴家持は、その翌年の春、大病を患って瀕死の状態にあった。そして、病が癒えた三月二十九日、つぎの歌を残している。

立夏四月、すでに累日《るいじつ》を経《へ》ぬるに、なほしいまだ霍公鳥《ほととぎす》の喧《な》くを聞かず、因《よ》りて作る恨《うら》みの歌二首

あしひきの　山《やま》も近《ちか》きを　ほととぎす　月立《つきた》つまでに　なにか来鳴《きな》かぬ
玉《たま》に貫《ぬ》く　花橘《はなたちばな》を　乏《とも》しみし　このわが里《さと》に　来鳴《きな》かずあるらし

霍公鳥《ほととぎす》は、立夏の日に来鳴《きな》くこと必定《ひつぢやう》なり。また越中《ゑつちう》の風土は、橙橘《たうきつ》あること希《まれ》なり。これによりて、大伴宿禰家持《おほとものすくねやかもち》懐《こころ》に感発《かんぱつ》して、いささかにこの歌を裁《つく》る。三月二十九日

（巻十七・三九八三〜三九八四）

左注からすると、ホトトギスをきっかけに家持は、生まれ育った都と越中の「風土」が異なることに驚き、越中の「風土」を強く意識するようになったようである。その結果詠まれたのが、いわゆる「越《えっ》

中三賦《ちゅうさんぷ》」と呼ばれている大作である。
・二上山《ふたがみやま》の賦《ふ》一首（巻十七・三九八五〜三九八七　三月三十日の作）
・布勢《ふせ》の水海《みづうみ》に遊覧する賦一首（巻十七・三九九一〜三九九二　四月二十四日の作）
・立山《たちやま》の賦一首（巻十七・四〇〇〇〜四〇〇二　四月二十七日の作）
これらの大作を詠んだ直後、家持は正税帳使《しょうぜいちょうし》として上京した。それぞれに、越中で発表するには不必要だと思われる
・この山は射水郡《いみづのこほり》にあり
・この海は射水郡の旧江《ふるえ》の村にあり
・この立山《たちやま》は新川郡《にひかはのこほり》にあり
という注記を題詞下に付していることから、「越中三賦」はこの上京時に発表する意図のもと詠まれた歌だと考えられている。ここで「二上山」と「立山」が歌われていることからすると、家持は越中を紹介する景観として、この二つを意識していたことはまちがいない。

しかし、「布勢の水海」が、巻十八の欠損によって確認できない天平感宝元年《てんぴょうかんぽう》（七四九）を除き、毎年晩春から初夏にかけて訪れて歌を残した場所であるのに対して、「二上山」や「立山」は、さほど歌われているわけではない。そこで本節では、まず「二上山」が後世《歌枕》として認知されていたかを考えてみたい。

二上山《ふたがみやま》の賦《ふ》一首　この山《やま》は射水郡《いみづのこほり》にあり

射水河《いみづかは》　い行《ゆ》きめぐれる　玉《たま》くしげ　二上山《ふたがみやま》は　春花《はるはな》の　咲《さ》ける盛《さか》りに　秋《あき》の葉《は》の　にほへる時《とき》に
出《い》で立《た》ちて　ふりさけ見《み》れば　神《かむ》からや　そこば貴《たふと》き　山《やま》からや　見《み》が欲《ほ》しからむ　すめ神《かみ》の　裾《すそ》
廻《み》の山《やま》の　渋谿《しぶたに》の　崎《さき》の荒磯《ありそ》に　朝《あさ》なぎに　寄《よ》する白波《しらなみ》　夕《ゆふ》なぎに　満《み》ち来《く》る潮《しほ》の　いや増《ま》しに
絶《た》ゆることなく　古《いにしへ》ゆ　今《いま》の現《をつつ》に　かくしこそ　見《み》る人《ひと》ごとに　かけてしのはめ
渋谿《しぶたに》の　崎《さき》の荒磯《ありそ》に　寄《よ》する波《なみ》　いやしくしくに　古《いにしへ》思《おも》ほゆ
玉《たま》くしげ　二上山《ふたがみやま》に　鳴《な》く鳥《とり》の　声《こゑ》の恋《こひ》しき　時《とき》は来《き》にけり

右、三月三十日に、興《きよう》に依《よ》りて作《つく》る。大伴宿禰家持《おほとものすくねやかもち》

（巻十七・三九八五～三九八七）

ここで家持は、長歌・短歌の両方で「玉くしげ二上山」と歌っているが、この表現は越中の「二上山」を詠む時の決まりではなかったことは、以前『萬葉集』に見える越中の「二上山」をすべて検討しつつ指摘した拙稿Dを参考願いたい。

さて、この「二上山」を、前節で掲げた片桐氏「諸国歌枕一覧」は越中の《歌枕》として数えていた。おそらくその根拠となった歌のひとつは、つぎの歌であろう。

たまくしげ二上山《ふたがみやま》のくもまより出《い》づればあくる夏の夜《よ》の月
（『金葉《きんよう》和歌集』巻二「夏」　源　親房《みなもとのちかふさ》「夏月の心をよめる」）

この歌はおそらく、つぎの萬葉歌の表現を意識したものと思われる。

ぬばたまの　夜《よ》はふけぬらし　玉《たま》くしげ　二上山《ふたがみやま》に　月傾《かたぶ》きぬ　（巻十七・三九五五　土師道良《はにしのみちよし》）

『萬葉集』においてはじめて「たまくしげ二上山」を詠んだ歌である。この萬葉歌は秋に詠まれたものであるが、親房歌でも季節は違えるが「月」が歌われていることからすると、本歌《もとうた》とまでは言えなくとも、十分に意識されていたと思しい。

ところで、作者源親房の父は仲房《なかふさ》、その父つまり祖父は顕仲《あきなか》である。顕仲は、同世代の一族とともに『萬葉集』享受を考える上で重要な『堀河百首和歌《ほりかわひゃくしゅわか》』の出詠歌人であった（次の系図に波線を付した三人）し、その同族の国信《くにざね》・師頼《もろより》は、祖父具平《ともひら》親王とともに『萬葉集』伝来に関わっていた可能性がある歌人である（参照・拙稿Aおよび拙稿B）。つまり、親房が「たまくしげ二上山の」という表現を獲得できたのは、おそらく『萬葉集』に拠ったからにちがいないと言っても過言ではない状況にある。

吉原栄徳氏『和歌の歌枕・地名大辞典』（おうふう刊　平20・5）は、親房歌を大和の「二上山」の例として掲出するが、拙稿Dで指摘したように、『萬葉集』において「二上山」に修飾語が付されるのは、所在地を明示する例を除くと越中に限られることを考えると、この親房歌は、越中の「二上山」を詠んだ例と捉えて間違いなかろう。

この勅撰《ちょくせん》和歌集所収歌以外にも、平安時代に「二上山」を詠んだ歌がある。

①　たまくしげ二上山のほととぎす今ぞ明《あ》け暮《く》れ鳴きわたるなる

（延喜《えんぎ》十三年［九一三］・亭子院歌合《ていじいんうたあわせ》）

▼②1　二上の山の麓《ふもと》に年経《としへ》つつ君千代《ちよ》ませと祈りをぞする

2　君が代は二上山の峰に生《お》ふる緑の松の生ひかはるまで

（天喜《てんぎ》元年［一〇五三］・越中守頼家名所《えっちゅうのかみよりいえめいしょ》歌合）

▼③　見渡せばよはあけにけりたまくしげ二上山に霧たちわたり　（『能因集《のういん》』）

④1　ほととぎす飽かずもあるかなたまくしげ二上山の夜半の一声《ひとこゑ》

2　二上の山ほととぎす来鳴《きな》くなり晴れせぬ空を誰《たれ》かたづねむ

（応徳《おうとく》三年［一〇八六］・若狭守《わかさのかみ》通宗《みちむね》朝臣《あそん》女子達《むすめたち》歌合）

⑤　まどろまでいそぎ聞きつるほととぎす二上山のあけぼのの声

（永長《えいちょう》元年［一〇九六］・権大納言《ごんだいなごん》家忠《いえただ》歌合）

⑥　からくしげ二上山のほととぎすあけつるほどに一声ぞ鳴く　（『摂津《せっつ》集』）

⑦　あけぼのに二上山のほととぎす一声鳴きていづち過《す》ぐらん

（永久《えいきゅう》四年［一一一六］・鳥羽殿北面《とばどのほくめん》歌合　源重資《しげすけ》）

▼⑧　時雨《しぐれ》する二上山を見渡せばこずゑも朱《あけ》に染《そ》みにけるかな

（長承《ちょうしょう》三年［一一三四］・中宮亮顕輔家《ちゅうぐうのすけあきすけけ》歌合　源行宗《ゆきむね》）

▼⑨　おもひしる人に見せばや雄鹿《をじか》鳴く二上山のあけぼのの空　（『雅兼《まさかね》集』）

▼⑩　わが恋は二上山のもろかづらもろともにこそかけまほしけれ　（俊恵《しゅんえ》『林葉《りんよう》和歌集』）

▼⑪　夏衣照《て》る日《ひ》をいとふわぎもこがあけて涼《すず》しき二上の山　（藤原家隆《いえたか》『壬二《みに》集』）

②の歌合は、越中守《えっちゅうのかみ》であった源頼家《よりいえ》が、越中の名所を詠題に詠んだ自分の歌でおこなった自歌合《じかあわせ》である。小著Fで少しく検討したが、詠題となった名所十箇所は『萬葉集』に出てくる地名以外が多く、

比定地すらままならない名所も含まれている。片桐氏が越中の《歌枕》として挙げた六つのうち「三島《みしま》（野）」「名子《なご》（継橋《のつぎはし》）」「二神山《ふたかみやま》」の三つは重なっているが、詠歌は『萬葉集』の影響を見てとることはできない。ただ頼家が越中に赴任していたという点でほかの歌々とは異なり、あきらかに越中の「二上山」に関わる歌である。しかし、残りの歌で詠まれている「二上山」がすべて越中の《歌枕》だと断言するには躊躇する。ただ、引用上部に▼を付した歌を除くと、いずれも「ほととぎす」が歌われていることは注目しなければならないであろう。

これら「ほととぎす」を詠んだ歌は、おそらく、さきに引用した家持「二上山の賦」の短歌、

玉《たま》くしげ　二上山《ふたがみやま》に　鳴《な》く鳥《とり》の　声《こゑ》の恋《こひ》しき　時《とき》は来《き》にけり　（巻十七・三九八七）

を本歌とした可能性が高いのではないかと稿者は考える。ただ、この歌からは「鳴く鳥＝ほととぎす」という判断はできない。あくまでも「二上山の賦」直前の、本節冒頭で引用したホトトギスが鳴かないことへの恨みの歌（巻十七・三九八三〜三九八四）と、「二上山の賦」直後にある「四月十六日夜《よ》の裏《うち》に、はるかに霍公鳥《ほととぎす》の喧《な》くを聞きて、懐《こころ》を述ぶる歌一首」（巻十七・三九八八）にはさまれていることによって三九八七番歌の「鳴く鳥＝ほととぎす」が判断できる、つまり『萬葉集』の配列状況を認知していなければならない表現ということになるのである。

そのことを、年代的に最古となる①歌の作者が判断していたかは不明である。まったくあらたに生み出した表現であると考えることも可能であろう。しかし、「たまくしげ二上山」というある種特異な枕詞の使用例が『萬葉集』の越中関連の部分ではじめて歌われていることを認知していなければ、やはりこの表現は獲得できなかったのではなかろうか。①歌の作者は不明であるが、亭子院歌合《ていじいんうたあわせ》に参加していた当代きっての歌人たちや皇族たち、さらには判者《はんじゃ》となった亭子院の主宇多法皇《うだほうおう》という存在を考えると、直接『萬葉集』を閲覧していたと断定することはできないが、なんらかの形で家持歌を認知していた可能性は高いのではなかろうか。そして、のちの歌合の規範とされたこの亭子院歌合において「たまくしげ二上山」の「ほととぎす」が歌われたことは意義深かったはずで、あえて季節を違えて「二上山」を詠んだり（③・⑧・⑨）、「からくしげ（韓櫛笥《からくしげ》、大陸伝来の櫛箱の意か）」なることば（⑥）まで生み出されることになったのであろう。ただ、亭子院歌合で歌われたことによって広くもてはやされるようになったと断言できるわけではなく、その後の用例を見るかぎり、何らかの形で『萬葉集』に関わる世界での受容が中心となっていたようである。

まず、④1の歌についてだが、歌合の判者を務めた藤原通俊《みちとし》は、「『二上山あかず』などいふ心いとをかし。古言《ふるごと》などにやあらむとおぼえ侍《はべ》れど、たしかにその言《こと》ともおぼえぬほどは定めがたし。」と述べ、みずから④2の歌を詠んで、④1の歌を勝としている。この通俊は、勅撰和歌集『後拾遺《ごしゅうい》和歌集』の撰《せん》者《じゃ》であるとともに、『萬葉集』の散逸《さんいつ》写本「礼部納言本《れいほうなごんぼん》」の所持者と考えられる人物である。⑤の歌合の主催者である藤原家忠《いえただ》は、その子のひとりに『萬葉集』の散逸写本「忠兼本《ただかねぼん》」に名を残す藤原忠兼がおり、さらに、藤原清輔《きよすけ》の歌学書『袋草紙《ふくろぞうし》』によると、藤原道長《みちなが》建立の法成寺《ほうじょうじ》の宝蔵に残っていた『萬葉集』を書写した人物として登場する橘俊綱《たちばなのとしつな》の子を養子（家光《いえみつ》）に迎えたりなど、少なからず『萬葉集』に関わる人物である。また、⑧の歌合の判者で、『堀河百首和歌』の出詠歌人でもある藤原基俊《もととし》もまた、『萬葉集』を訓読したひとりに数えられており、『萬葉集』の散逸写本「前左金吾本《さきのさきんごぼん》」を書写もしくは所持していた人物である。

ちなみに、「ほととぎす」が歌われていない用例のなかで③の能因歌が「たまくしげ二上山」とともに「夜半あけにけり」と歌い、⑨歌が「二上山のあけぼのの空」と歌っている。さらに「ほととぎす」を歌った歌のなかでも⑤歌が「二上山のあけぼのの声」、⑥歌が「あけつるほどに一声ぞ鳴く」と歌っているのは、いずれもさきに引用した道良歌（巻十七・三九五五）を意識していると思われることも付言しておきたい。

すべてが『萬葉集』と関わるわけではないが、おそらく「（たまくしげ）二上山」は、歌人たちすべてに認知されていたのではなく、『萬葉集』を享受する歌人たちのなかで認知されるという限られた世界で成り立っていた《歌枕》だったのではなかろうか。かろうじて「ほととぎす」というゆかりの景物があったために、《歌枕》の要件は満たされていた。しかし、周知の《歌枕》となるには、「ほととぎす」ゆかりの《歌枕》がほかにもあることが難点となったにちがいない。また、より身近な地である大和にも同名の山があることを考えると、あえて越中の「二上山」を詠みこむ必要はなかったはずだろうし、ましてや限られた文字数のなかで「たまくしげ」という修飾語を伴わせる必要もなかったはずである。つまり、越中の《歌枕》として片桐氏が挙げた「二上山」は、あくまでも限られた歌人たちのなかで受容された《歌枕》だったと思われるのである。

三　歌われない《立山》

ところで、上京時に発表する意図のもとに「越中三賦」を詠んだ家持が、越中を紹介する景観として挙げた「立山《たちやま》」は、じつは平安時代から鎌倉時代の和歌にまったく詠まれていない。なぜ「立山」は歌われなかったのか。家持が国守として赴任したように越中にやってきた歌人がいなかったからだと言ってしまえばそれまでだが、平安時代以降、その地を訪れたことがなくても歌を詠むことはあった。そのときに大きな役割を果たしたのが《歌枕》である。実見したことがない地を歌うために、歌人たちはあまねく認知されていたであろう《歌枕》を活用したのである。しかし、「立山」は《歌枕》として認知されなかった。その理由を考えるために、まず『萬葉集』に歌われた「立山」の歌を見てみたい。

立山《たちやま》の賦《ふ》一首　并《あは》せて短歌　この立山は新川郡《にひかはのこほり》にあり

天《あま》ざかる　鄙《ひな》に名《な》かかす　越《こし》の中《なか》　国内《くぬち》ことごと　山《やま》はしも　しじにあれども　川《かは》はしも　さはに
行《ゆ》けども　すめ神《かみ》の　うしはきいます　新川《にひかは》の　その立山《たちやま》に　常夏《とこなつ》に　雪降《ゆきふ》り敷《し》きて　帯《お》ばせる
片貝河《かたかひがは》の　清《きよ》き瀬《せ》に　朝夕《あさよひ》ごとに　立《た》つ霧《きり》の　思《おも》ひ過《す》ぎめや　あり通《がよ》ひ　いや年《とし》のはに　よそのみ
も　ふりさけ見《み》つつ　万代《よろづよ》の　語《かた》らひぐさと　いまだ見《み》ぬ　人《ひと》にも告《つ》げむ　音《おと》のみも　名《な》のみも聞《き》
きて　ともしぶるがね
立山《たちやま》に　降《ふ》り置《お》ける雪《ゆき》を　常夏《とこなつ》に　見《み》れども飽《あ》かず　神《かむ》からならし
片貝《かたかひ》の　河《かは》の瀬《せ》清《きよ》く　行《ゆ》く水《みづ》の　絶《た》ゆることなく　あり通《がよ》ひ見《み》む

四月二十七日に、大伴宿禰家持《おほとものすくねやかもち》作る。　（巻十七・四〇〇〇～四〇〇二）

この「越中三賦」の一首で家持が伝えたかったのは、長歌で「その立山に常夏に雪降り敷きて」と歌い、短歌で「立山に降り置ける雪を常夏に見れども飽かず」と歌っているように、夏になっても雪をいただく「立山」の姿であった。奈良時代の平城京、平安時代以降の平安京を中心に生活していた歌人たちには想像すらままならないこの《常夏《とこなつ》の雪》は、家持でなくても都に住む歌人たちに伝えるのには十分な越中を代表する景観だったにちがいない。

ところで、この「立山の賦」には、大伴池主《いけぬし》が和《わ》した歌が残されている。

敬《つつし》みて立山《たちやま》の賦《ふ》に和《わ》する一首　并《あは》せて二絶《ぜつ》

朝日《あさひ》さし　そがひに見《み》ゆる　神《かむ》ながら　み名《な》に帯《お》ばせる　白雲《しらくも》の　千重《ちへ》を押《お》し別《わ》け　天《あま》そそり　高《たか》き立山《たちやま》　冬夏《ふゆなつ》と　別《わ》くこともなく　白《しろ》たへに　雪《ゆき》は降《ふ》り置《お》きて　古《いにしへ》ゆ　あり来《き》にければ　こごしかも　岩《いは》の神《かむ》さび　たまきはる　幾代《いくよ》経《へ》にけむ　立《た》ちて居《ゐ》て　見《み》れども怪《あや》し　峰高《みねたか》み　谷《たに》を深《ふか》みと　落《お》ち激《たぎ》つ　清《きよ》き河内《かふち》に　朝《あさ》さらず　霧立《きりた》ち渡《わた》り　夕《ゆふ》されば　雲居《くもゐ》たなびき　雲居《くもゐ》なす　心《こころ》もしのに　立《た》つ霧《きり》の　思《おも》ひ過《す》ぐさず　行《ゆ》く水《みづ》の　音《おと》もさやけく　万代《よろづよ》に　言《い》ひ継《つ》ぎ行《ゆ》かむ　川《かは》し絶《た》えずは

立山《たちやま》に　降《ふ》り置《お》ける雪《ゆき》の　常夏《とこなつ》に　消《け》ずて渡《わた》るは　神《かむ》ながらとそ

落《お》ち激《たぎ》つ　片貝河《かたかひがは》の　絶《た》えぬごと　今見《いまみ》る人《ひと》も　止《や》まず通《かよ》はむ

右、掾大伴宿禰《じようおほとものすくね》池主《いけぬし》和《こた》ふ。　四月二十八日　（巻十七・四〇〇三～四〇〇五）

「和する一首」と明記されたように、歌われている内容（項目）は家持歌とほぼ合致する。ただ、その歌い方には違いがあることは注目すべきであろう。家持が長歌で《常夏の雪》を歌う部分（傍線部分）を、池主はより具体的に歌っている（二重傍線部分）。さらに、「立山」が「帯ばせる」と歌われている「片貝河」を家持は「清き瀬・瀬清く」（波線部分）と讃えるのに対して、池主は「峰高み谷を深みと落ち激つ」と具体的な表現をもって歌う（二重波線部分）。家持が越中に赴任した時、すでに池主は越中に赴任していた。出挙《すいこ》による国内巡行を経験していたであろう池主は、片貝川も実見していたにちがいない。

日本屈指の急流である片貝川をまだ見たことがなかった可能性が高い家持には、「落ち激つ片貝河」とは歌えない。さらに池主は「こごしかも岩の神さび」と歌っていることから、「立山」を近くから実見したこともまちがいない。だからと言って、家持は「立山」を見たこともないのに「立山の賦」を歌ったというのではない。

当時の国庁や国守館があったと推定されている地は、高岡市伏木《ふしき》の、小矢部《おやべ》川（『萬葉集』では「射水河《いみづかわ》」と歌われている）河畔の台地にある。少々判りづらいかもしれないが、ページ下の写真は、国守館跡と推定されている場所から《立山》を撮ったものである。つまり、わざわざ「立山」のそばに行かなくても、普段生活していた場所から家持は「立山」を見ることができた可能性が高いのである。「立山」を遠くはるかに見渡せる場所で家持は「立山の賦」を詠んだため、そばで実見したことがある池主とは異なる表現となっているのである。その点で、平安時代以降の歌人が実見に及ばなくとも《歌枕》を詠んだのとはいささか異なる。

ただ、残念ながら家持は、本稿冒頭に掲げた写真のような《海越しの立山》を詠むことはなかった。もし詠んでいたら、どのよ

うな歌になっていたかと想像しても詮無いことであろう。さらに、もしそのような歌が残っていたならば、きっと「世界で最も美しい湾クラブ」に加盟した富山湾をアピールするハンフレットに引用されたにちがいないと思うが、それもかなわぬ夢なのである。

さて、「立山の賦」を詠んだ家持は、翌天平十九年（七四七）の春、出挙による国内巡行で新川郡にやって来て、はじめて「立山」を間近に見ることになった。そのときの歌がつぎの歌である。

新川郡《にひかはのこほり》にして延槻河《はひつきがは》を渡る時に作る歌一首

立山《たちやま》の　雪《ゆき》し来《く》らしも　延槻《はひつき》の　河《かは》の渡《わた》り瀬《ぜ》　鐙浸《あぶみつ》かすも　（巻十七・四〇二四）

ここでも家持は「立山」の「雪」を歌ってはいる。ただ、降り積もった「雪」ではなく、その雪が春になって溶け、雪どけ水によって増水した「延槻の河の渡り瀬」の状況が歌の詮となっている。『萬葉集』において歌われた「立山」は、本節で引用した家持の二首（実質は四首）と池主の一首（実質は三首）だけである。しかし、いずれも「雪」が歌われていることからすれば、「二上山」の「ほととぎす」同様に《歌枕》の要件は満たされていると言えよう。さらに、都に住む歌人たちにとって《常夏の雪》など想像すらできない景観であろうし、むしろその《常夏の雪》のイメージは歌を詠むには格好の歌材だったと思われるが、本節冒頭に述べたように《立山》は『萬葉集』以後歌われることはなかった。

なぜ《立山》は《歌枕》にならなかったのか。その答えとして、《立山》をめぐる平安時代のイメージが深く関わっていた可能性が推定できる。

「立山の賦」で「すめ神のうしはきいます新川のその立山」と歌われていることから、家持が越中に赴任していたころの「立山」は、すでに国の神が鎮座する山として信仰の対象であった可能性がある。この「立山」を修行場として開拓したのは、『立山大縁起』などによると、越中守に任命された佐伯有若《さえきありわか》の子有頼《ありより》とされ、大宝《たいほう》元年（七〇一）のこととして伝えられている。その正否はともかく、『今昔物語集《こんじゃくものがたりしゅう》』本朝仏法部《ほんちょうぶっぽうぶ》（巻十七）に立山の地獄に落ちた亡霊の説話が見えることから、

立山が行場として開拓されたのは、おそらく平安前期のころと推定されるが、三〇〇〇メートルにおよぶ山岳に、極楽と地獄を彷彿《ほうふつ》させる変化にとんだ自然環境が存在したことから、平安中期の浄土教の隆盛とともに現世に存在する極楽と地獄の地として信仰され、多くの説話がうみだされた。……（中略）……庶民の信仰をも集めた立山は、近世に至り行場としてよりいっそうの発展をとげ、全国から多くの参詣者を集めることになった。

（本郷真紹氏「古代社会の形成と展開」『富山県の歴史』〔山川出版社刊　平9・8〕所収）

と指摘されているように、平安時代の「立山」は、《歌枕》というよりも信仰の山として認知されていたのではなかろうか。しかも、地獄と極楽をリアルに体現できる場所として認知されていたとするならば、もはや和歌の対象としてふさわしくはなかったのかもしれない。

ちなみに、「立山」は『萬葉集』ではタチヤマと訓まれている。漢字表記からは《聳え立つ山脈》を連想させるが、音的には《大刀》も連想させる。小著Fで取りあげた「ありそ海」のように《歌枕》のなかに掛詞《かけことば》的な使用例が見られることを考えると、《大刀》との縁語《えんご》で「何かを断つ」との掛詞として「立山」が歌われる可能性も考えうるが、実際はまったく用例を見ない。《大刀》が和歌の素材としてふさわしいものではなかったのかもしれないが、掛詞的な付加価値によって《歌枕》にはなり得なかったようである。

『萬葉集』で歌われている《常夏の雪》という景物においても、《大刀》に関わる掛詞的な使用においても「立山」は《歌枕》として歌い継がれることはなかった。それは《立山》が信仰の山として認知されていたからだと結論づけるしかない。ただ、同じ信仰の山でありながら、《常夏の雪》のイメージが付加されている山がある。越前の《歌枕》「越白嶺《こしのしらみね》（山《やま》）」である。さいごにこの越前の《歌枕》を通して、いま少し《立山》が《歌枕》とならなかった理由を考えてみたい。

四 さいごに――「越白嶺（山）」――

さきに越前の《歌枕》としたが、加賀のそれと分類する歌学書もあることからもわかるように、「越白嶺（山）」とは、石川・福井・岐阜・富山の各県にまたがる《白山《はくさん》》のことである。この《白山》は、富士山・《立山》とともに日本三霊山に数えられており、古くから信仰の山であった。《立山》同様に、遅くとも平安時代初期には《白山》を水源とする加賀の手取《てどり》川、越前の九頭竜《くずりゅう》川、美濃の長良《ながら》川の流域にそれぞれ信仰の拠点が形成されていたようで、開山は養老《ようろう》二年（七一八）に泰澄《たいちょう》がはじめて登拝したのによるとされている。信仰の山としては《立山》に優るとも劣らない。しかし、《立山》に比して《白山》は、平安時代以降《歌枕》として歌い継がれている。ここに、《立山》が《歌枕》とならなかった理由が潜んでいるのではなかろうか。

ところで、『萬葉集』には厳密な意味では《白山》は歌われていない。ただ、巻十四の東歌《あずまうた》のなかにつぎのような歌がある。

・栲衾《たくぶすま》　白山風《しらやまかぜ》の　寝《ね》なへども　児《こ》ろがおそきの　あろこそ良《え》しも　（巻十四・三五〇九）
・遠《とほ》しとふ　故奈《こな》の白嶺《しらね》に　逢《あ》ほしだも　逢《あ》はのへしだも　汝《な》にこそ寄《よ》され　（巻十四・三四七八）

最初の三五〇九番歌について、契沖《けいちゅう》『萬葉集代匠記《だいしょうき》』は「此白山ハ北国ノニハアラザルベシ」と述べて所在未詳としたが、賀茂真淵《かものまぶち》『萬葉考』は「此哥、東人の旅によめると見ゆれば、越の白山の辺（あたり）に行（いき）てよめる成（なる）べし」と述べて《白山》と考えた。真淵説が正しいとするならば、『萬葉集』に《白山》を詠んだ歌が存在することになるが、東国人が「越」に旅することはおそらくなかったと考えるのが穏当であり、契沖が指摘したように所在未詳の山とすべきであろう。

後の三四七八番歌に歌われている「故奈の白嶺」についても、「越の白嶺」の訛りで《白山》を指すとする説や《立山》だとする説もあるが、さきの三五〇九番歌同様に、東歌の用例であり、東国にその名の山を求めるべきであろう。

いまひとつ、作者未詳歌につぎのような歌があることに注目しておきたい。

・み雪降《ゆきふ》る　越《こし》の大山《おほやま》　行《ゆ》き過《す》ぎて　いづれの日《ひ》にか　我《わ》が里《さと》を見《み》む　（巻十二・三一五三）

この歌に詠まれている「越の大山」について、契沖『萬葉集代匠記』は、平安時代初期の辞書『和名《わみょう》抄《しょう》』に「越中国婦負《ね》郡《ひのこほり》大山《おほやま》」とあるのを引用していることから、現在の富山市（旧大山町）あたり、もしくはその近辺の山と考えていたかと思われる。同じように『和名抄』を引きながらも賀茂真淵『萬葉考』は、平安時代初期の法律施行細則集『延喜式《えんぎしき》』の「神名帳」に「越前国丹生郡大山御坂神社」とあるのも引用し、「ここは何れにや、とかく地の名ときこゆ」と態度を保留した。

明治以降になって井上通泰《みちやす》『萬葉集新考』が「越前（後の加賀）の白山か」と述べたが、鴻巣《こうのす》盛廣《もりひろ》『萬葉集全釈』が、契沖説を引用しつつ、「この歌にはよしないやうである。これを加賀の白山と見る人もあるが、これも当らない。白山は街道からは遥かに距つてゐる。恐らくこれは近江から越前へ越える愛発《あらち》山であらう」と述べたのを承け、その後の窪田空穂『萬葉集評釋』や武田祐吉『萬葉集全註釋』、土屋文明『萬葉集私注』が従っている。

　この「越の大山」がどの山であるかについて考えを述べるつもりはないが、この「越の大山」に「み雪降る」という修飾が付されていることは注目しなければならないであろう。

・吹雪する越の大山越えなやみ日影《ひかげ》も見えず暮《く》るる空かな　（藤原家隆《いえたか》『壬二《みに》集』）

・煙してとしふりぬると越の山雪とも見えぬ峰の白雪　（『相模《さがみ》集』）

・越の山雪げの雲も晴れのきて緑をわくる雁《かり》のもろ声《ごゑ》　（慈円《じえん》『拾玉《しゅうぎょく》集』）

・雪積もる越の山風吹きぬらしひばら松原あらはれて見ゆ　（『頼政《よりまさ》集』）

平安時代以降の和歌から「越の（大）山」を詠んだ例を四つ挙げてみたが、いずれも「雪」のイメージが付加されている。つまり「越（北陸）」の山と言えば、まずは「雪」が景物として歌われていたのである。その「雪」をいだく「越の山」を代表するのが「越白嶺」であり、『萬葉集』では明かな用例は確認できないが、平安時代になって歌われるようになっている。

●『古今《こきん》和歌集』

①よそにのみ恋《こ》ひやわたらむ白《しら》山の雪みるべくもあらぬわが身は

②きみが行《ゆ》くこしのしら山しらねども雪のまにまに跡《あと》はたづねむ
（巻八「離別歌」　凡河内《おおしこうちの》躬恒《みつね》「越国《こしのくに》へまかりける人に、よみて、遣《つか》はしける」）

③消《き》えはつる時しなければこし路《ぢ》なるしら山の名《な》は雪にぞありける
（巻八「離別歌」　藤原兼輔《かねすけ》「大江千古《おほえのちふる》が、越《こし》へまかりける餞別《むまのはなむけ》に、よめる」）

④君をのみ思ひこし路の白山はいつかは雪のきゆる時ある
（巻九「羇旅歌」　躬恒《みつね》「越国《こしのくに》へまかりける時に、白山を見て、よめる」）

▼⑤思《おもひ》やる越《こし》の白山《しら》しらねども一夜《ひとよ》も夢《ゆめ》にこえぬ夜《よ》ぞなき
（巻十八「雑歌下」　宗岳大頼《むねおかのおおより》「躬恒の歌に対する返し」）
（巻十八「雑歌下」　紀貫之《きのつらゆき》「越《こし》なりける人に、遣《つか》はしける」）

●『後撰《ごせん》和歌集』

⑥白《しら》山に雪降《ふ》りぬれば跡絶《あとた》えて今はこしぢに人もかよはず
（巻八「冬」　敦実《あつみ》親王が通う女「親王の妹の歌に対する返し」）

⑦あらたまの年を渡りてあるが上に降り積む雪の絶えぬ白山《しら》
（巻八「冬」　よみ人しらず「題しらず」）

⑧年深く降り積む雪を見る時ぞ越《こし》の白嶺《しらね》に住む心ちする
（巻八「冬」　よみ人しらず「題しらず」）

▼⑨厭《いと》はれて帰《かへ》りこしぢの白《しら》山は入《い》らぬに迷《まど》ふものにぞありける
（巻十四「恋六」　源善《みなもとのよし》「女につかはしける」）

⑩都まで音《をと》にふり来《く》る白山はゆきつきがたき所なりけり
（巻十九「離別羇旅」　よし人しらず「白山へまうでけるに、道中よりたよりの人につけてつかはしける」）

●『拾遺《しゅうい》和歌集』

⑪我ひとり越の山路に来《こ》しかども雪降りにける跡を見るかな
（巻四「冬」　藤原佐忠《すけただ》「屏風の絵に、越の白山描《か》きて侍《はべり》ける所に」）

⑫年経《ふ》れば越の白《しら》山老《お》いにけり多くの冬の雪積もりつつ
（巻四「冬」　壬生忠見《みぶのただみ》「題知らず」）

▼⑬＝『古今和歌集』の⑤と同一歌

『古今和歌集』の長歌の用例を除いて、三代集《さんだいしゅう》に歌われている《白山》をすべて掲出した。引用上部に▼を付した歌以外はすべて「雪」が歌われており、③歌で消えることがない雪（の白さ）によって《白山》という名が付いたと歌われていることから、《白山》は「雪」のイメージが付加された山として歌い継がれていたことはまちがいない。その点では《立山》と共通する。しかし、②・⑤歌が同音反復で「知らねども」を導いていたり、《白山》のある「越」に「来し」との掛詞が使われている④・⑥歌があったりなど、《立山》にはなかった掛詞的な使用例が見える。同じ「雪」のイメージをもった《立山》と《白山》だが、掛詞的な使用例に差異があるわけである。さらに、《白山》を詠んだ歌には「越（路）の」という修飾が付された用例が半数を数え、あたかも「越（北陸）」を代表する山のように歌われている。

順朝臣の、能登守にて下りしに

冬深く春とも知らぬ越路には折りし梅こそ花咲きにけれ

返し

梅の花色は雪にもまがふめりかへる山まで君は訪はなむ

又、やりし

いつはたと待つほど過ぎば白山の雪間のあとを訪ねざらめや

（『中務集《なかつかさしゅう》』）

以前拙稿Cの二編で取りあげた源順《みなもとのしたごう》が能登守として下った時に、中務と贈答した歌である。ここで「白山」が歌われているのは、たんに能登へ向かう途中にある山だからではない。さきの三代集の用例にも見られるように、能登だけでなく、越前・加賀・越中などを含めた「越」へ向かう、もしくは「越」から都へ戻ってきた人に関わって歌われる山として、広く歌人たちに認知されていたからであろう。つまり、《白山》はあたかも「越（北陸）」を代表する「山」の《歌枕》として認知されていたと言えるのである。たんに《常夏の雪》をいただく白い山だからではない。都に住む歌人たちにとって《常夏の雪》など想像すらできない景観であり、《常夏の雪》のイメージは歌を詠むには格好の歌材だったこととも関わり、《白山》は《歌枕》として歌い継がれることとなったのである。

それならば《立山》もまた《歌枕》となった可能性はあったはずである。それがなくなったのは、たんに「タチヤマ」という音からくるイメージが掛詞的使用を妨げたからだけではない。

渤海使がくると、都良香《みやこのよしか》・藤原佐世《すけよ》・嶋田忠臣《しまだのただおみ》・菅原道真《すがわらのみちざね》など、一流の詩人が接待使に任ぜられ、渤海使と唱和の作を残している。接待はおおむね越前か加賀で行われたようで、異彩を放つ佳作が多く残されている。

（白崎昭一郎氏「律令制下の越前・若狭」『福井県の歴史』〔山川出版社刊 平12・11〕所収）

と指摘されているように、越前・加賀は、能登を含めて渤海との関係が深く、白崎氏が指摘されているように詩人たちが任務のため下った地であった。あくまでも詩人の往来をめぐる指摘ではあるが、この指摘は示唆に富む。家持の赴任以外にあまり表舞台に登場しない越中と違い、越前・加賀・能登は文学に関わる人の往来が確認できる。このことによって、同じ《常夏の雪》をいただく信仰の山ではあったが、その途上で目にすることがあった《白山》は「越の」という冠が付いた「越白嶺《こしのしらみね》（山《やま》）」という《歌枕》となり、越前・加賀よりも遠い越中の《立山》は、結果的に信仰の山としてのイメージが強まり、《歌枕》とはなりえなかったのである。

《歌枕》とはならなかった《立山》であるが、現在は富山を代表する観光地のひとつであることはまちがいない。その《立山》には、信仰の山としての《立山》を知ることができる富山県［立山博物館］がある。ぜひ一度訪れていただきたい富山を代表する文化施設のひとつであるこを最後に付言しておきたい。はなはだ煩雑な上に性急な結論であるが、ご教示・ご叱正をお願いする次第である。

参考文献①（本文中に引用しなかったものを掲出する）
・片桐洋一氏監修・ひめまつの会編『平安和歌歌枕地名索引』（大学堂書店刊　昭47・1）
・片桐洋一氏『歌枕歌ことば辞典　増訂版』（笠間書院刊　平11・6）
・泉紀子氏「北陸の歌枕」（片桐洋一氏編『歌枕を学ぶ人のために』〔世界思想社刊　平6・3〕所収）
・長崎健氏・岡本聡氏・綿抜豊昭氏編『越中の歌枕―付・和歌名所追考越中国』（桂書房刊　平9・12）

参考文献②（本文中に引用したもので、文中では、それぞれアルファベットを付して示した）
・拙稿A「萬葉集勅撰説の基盤―『萬葉集』伝来をめぐる臆見―」（『高岡市万葉歴史館紀要』7　平9・3）
・拙稿B「「次点」の実体―『萬葉集』伝来をめぐる臆見―」（『高岡市万葉歴史館紀要』10　平12・3）
・拙稿C「能登守源順と中務―『萬葉集』伝来をめぐる臆見・余滴―」（『叙説』37〔坂本教授退休記念〕平22・3）、および「越路には折りし梅こそ花咲きにけれ―『萬葉集』伝来をめぐる臆見・余滴―」（『高岡市万葉歴史館紀要』20　平22・3）
・拙稿D「「たまくしげ二上山」の誕生―越中萬葉歌の表現・少考―」（『高岡市万葉歴史館紀要』22　平24・3）
・拙稿E「歌枕「有磯海」の成立―『萬葉集』享受と歌枕の生成―」（『高岡市万葉歴史館紀要』24　平26・3）
・小著F『うたわれた富山湾―「渋谿」から「有磯海」へ―（日本海学研究叢書）』（富山県観光・地域振興局国際・日本海政策課刊　平27・3）

使用テキスト（なお、適宜引用の表記を改めたところがある）

萬葉集　↓　越中に関わる歌については高岡市万葉歴史館編『越中万葉百科』（笠間書院刊）に拠り、それ以外は小学館刊『新編日本古典文学全集』に拠る。

勅撰和歌集　↓　岩波書店刊『新日本古典文学大系』に拠る。

歌合本文　↓　萩谷朴氏『平安朝歌合大成　増補新訂』（同朋舎出版刊）に拠る。

その他の歌集　↓　角川書店刊『新編国歌大観』に拠る。

富山の古典文学
――「武士《もののふ》の物語」と「俳諧」を中心に――

綿抜豊昭

一　はじめに

高岡市万葉歴史館よりいただいた題は、「富山の古典文学（平家物語、義経記《ぎけいき》、『おくのほそ道』などを中心に）」である。

「地域の文学」についてのべるとき、大きくは二つの視点があげられる。一つは「人」を中心とするものであり、一つは「作品」を中心とするものである。

「人」は、その地域の出身者と、そうではない者とに大別できる。前者は生誕地がすでに地域とかかわるため作品内容をとわないが、後者は、地域との関係性、つまりその地域に滞在したり、通過したりした経験と、その地域にかかわる内容の作品かがとわれる。「作品」とは、その地域のことを詠じたり、舞台とした文学作品のことで、先にあげた地域に関係する「人」が著したものと、地域には直接関係のない「人」が著したものがある。

現在の富山県にあたる地域を、本稿では「富山」と称し、富山の古典文学のうち、◆二では「もののふ」や「いくさ」がえがかれた「物語」を、◆三では「連歌・俳諧」を中心に、「人」と「作品」の主たるところについてのべたい。

なお本書の性格上「叙述はできるだけ平易なもの」とのことなので、そのようにつとめ、作品の引用にあたっては、送りがなを付したり、漢字をあてるなどした。また、引用した作品の本文は、岩波書店刊「日本古典文学大系」「新日本古典文学大系」「岩波文庫」、小学館刊「新日本古典文学全集」、『加越能古俳書大観』(石川県図書館協会、一九三六年)に収録されたものは、原則としてそれに拠り、そのほかのものは注記した。

◆二 武士の物語

【平家物語】

中世以降、「もののふ」や「いくさ」の「物語」が少なからず成され、富山はその物語の舞台になることがあった。その一つが『平家物語』である。琵琶法師によって語られる物語でもあり、その内容は広く知られていた。

富山が主な舞台となるのは「火打合戦《ひうち》」「願書《がんじょ》」「倶利伽羅落《くりからおとし》」である。

内容を簡略にのべると、「火打合戦」では、陰暦五月八日、加賀と越中の国境である砺波山の付近で、平氏軍と木曽義仲軍が対陣したことが記される。

「願書」では、義仲が奇襲を計画し、埴生八幡宮に願書を奉納すると、鳩が飛来したことがえがかれる。『奥の細道』にその記述はないが、芭蕉もこの地を訪れている（『曽良随行日記』）。また芭蕉の高弟の一人各務支考《かがみしこう》は「木曽殿の願状をこめ給ひて、覚明《かくめい》が名をとどめし」ということで

白鳩の木末に涼し神の御意

の句を奉納している（『東西夜話』一七〇二年刊）。

「倶利伽羅落」では、義仲の計略で、平氏軍が倶利伽羅の谷で六万八千騎を失ったことがえがかれ

『源平盛衰記図絵』木曽義仲、埴生八幡宮に願書を奉る図

るが、後述の『源平盛衰記《げんぺいせいすいき》』にみられる松明《たいまつ》を角《つの》につけた牛の話はない。

『平家物語』は作者を特定できず、また富山での出来事がどこまで史実に基づくかは不明である。しかし、有名作品であったため、『平家物語』に記された「富山の地」は「歴史ゆかりの地」として名所化する。たとえば江戸時代の戸出の俳人沢田蚕臥《さんが》(生没年不明)の『山中道の記』(1)には

埴生八幡宮は木曽願書の古跡にして、高閣、今なほ尊し

吹きかけて堂寂見せよ秋の雨

とあり、「古跡」と記される。名所化を考えるにあたっては『平家物語』だけでなく、次にあげる『源平盛衰記』も視野に入れなければならないが、先にあげた芭蕉や支考だけでなく、江戸時代にはその名所を訪れる人や、訪れぬまでも和歌や俳諧に詠む込人が少なからず出現した。

【源平盛衰記】

『平家物語』が大幅に増補された物語に『源平盛衰記』がある。富山が主な舞台となるのは「般若野《はんにやの》軍《いくさ》の事」「平家砺波志雄《となみしお》」「三箇の馬場願書の事」「倶利伽羅山の事」「新八幡願書の事」「砺波山合戦の事」であり、富山に関する記述も増加している。

ここで特に注目されるのは「砺波山合戦の事」で、それに「四五百頭の牛の角に松明をともして、平家の陣に追い入れた」とあることである。この地を訪れた陸奥・仙台の佐藤脩亮は

木曽義仲、牛の角に松明を結び付けて、大勢の敵を追落せし古宿なり

と記している（『丙午紀行《へいご》』）。

実際には、ともした松明を角に付けた牛が、人の思惑通りに走ることも、この地で短期間に四五百頭の牛を集めることも不可能と考えられるが、いかにも軍記物語らしい場面として注目されたためか、『源平盛衰記図絵』（一八〇〇年刊）では四頁にわたって「図絵」が掲載されているほか、浮世絵師の歌川国芳も三枚続き錦絵「倶利伽羅谷合戦」（一八五三年刊）をえがいている。またこの「いくさ」にちなんで、昭和時代になって倶利伽羅山頂（猿が馬場）に「火牛」像が建てられている。

なお江戸時代の金沢の俳人狐庵馬仏《ばぶつ》は、津幡の俳人河合見風《けんぷう》が建てた

　　義仲の寝覚の山か月かなし

の芭蕉句碑を猿が馬場に再建している。ただし芭蕉が詠んだ句中の「山」は、倶利伽羅山ではなく、「燧《ひうち》合戦」の舞台になった福井県の燧山である。

こうした句碑といった文学碑は「文学の享受」という見方ができる。文学碑は富山に少なからず現存し、本稿では紙数の関係で特にとりあげないが「富山の古典文学」を考えるにあたって看過できぬものといえよう。

さて『源平盛衰記』「巴関東下向の事」には、義仲の愛妾だった巴について以下の話を載せる。

巴は泣く泣く越中に越えていき、石黒とは親しかったので、この地で出家して、仏に花香を奉り、主親朝比奈の後世を弔った。九十一歳まで長生きし、臨終めでたくなくなったとか。

『源平盛衰記図絵』倶梨伽羅山砺波の夜軍

倶《く》梨《り》伽《か》羅《ら》山《さん》
礪《と》並《なみ》の夜《よ》軍《いくさ》

史実としては、巴が、いつ、どこで死んだか不明であり、『平家物語』に右のことは記されていないが、江戸時代は、『源平盛衰記』の話がそれなりに流布したようで、金沢の俳人句空《くくう》（一七一二年没、六十五歳か）が撰じた『誹諧草庵集』（一七〇〇年序）には

秋風や巴が塚のふき回し　　小春
朝ひなも鬼も巴も墓の露　　大野湊神主英之

巴は石黒氏の類族にて、老の後越中に来たり、尼になりて九十余にて終わりとりけるとや。其しるし松なかの日の宮林の中に侍り。

とある。

【俊寛伝説】

富山での巴の終焉の物語は『源平盛衰記』に起因すると考えられるが、『平家物語』『源平盛衰記』ではまったく富山と関係がなかった登場人物が、富山の伝説となることがあった。俊寛《しゅんかん》である。『平家物語』に以下の話が載る。

鹿ヶ谷にある俊寛の山荘で、平家討伐を密議したことにより、藤原成経、平康頼、俊寛の三人は鬼界島に流される。後に成経、康頼は許され帰京するが、俊寛は帰京がかなわなかった。

それが伝説では、鬼界島に流罪することになったが、平教盛の救いによって、越中国宮島（富山県小矢部市）に隠れ住むことになり、後に成経、康頼は許され帰京、俊寛は残り、ここで没した。その地に

建てられたのが「俊寛塚」である。父俊寛を尋ねてきた娘（俊寛の妻とも）が没したところが「比丘尼塚」である。なお俊寛の子である有王丸もこの地で没した。前掲『誹諧草庵集』には

俊寛僧都越中にておはり給へるとて、小那智川といふおくにその墓有り。

とある。俊寛は、世阿弥作といわれる『俊寛』、近松門左衛門『平家女護島』、曲亭馬琴『俊寛僧都島物語』などでも主人公であり、江戸時代の人にはよく知られた人物であった。富山の人々にもよく知られていたと考えられる。そのため、有名人にまつわる話が創作されたのであろう。

『越の下草』(2)を著したことで知られる、山廻役などを務めた宮永正運（一八〇三年没、七十二歳）は、宮島峡（小矢部市）を旅したさいに紀行文『春の山路』(3)を著し、それに右の伝説の地を訪ねたことと、そこでの詠歌と詠句を記している。俊寛とその娘のことを詠んだ句を順にあげると

帰る雁にもれて越路のあはれ哉

（注・帰るのにもれた雁は俊寛の比喩）

山陰にたらちねとともに散る桜

（注・ともに散る桜は俊寛の娘の比喩）

である。このように伝説は、後に文学創作の種《たね》にもなった。

なお『春の山路』に「今、この村の名主八兵衛は有王丸の後胤なるよし」とあり、この伝説が、この村の有力者のもとで創作されたことがうかがわれる。

【義経記】

源義経を主人公とした物語に『義経記』がある。『平家物語』の影響を受けた作品とされる。それに富山が舞台となった箇所がある。義経の北国落ちが記された「如意《にょゐ》の渡《わたり》にて義経を弁慶打ち奉る事」である（巻第七）。

それより倶利伽羅を越え、平家亡びし所にて、弔《とぶら》ひの経を読み、二位の渡《わたり》の舟に乗らんとし給ふ所に、渡守《わたしもり》の権頭《ごんのかみ》申しけるは、

「しばらく客僧御待ち候へ。山伏の五人三人なりとも、役所へ伺ひ申さで通すべからずとの御法《ごほふ》にて候ふぞ。ことに十六人まで御入り候へば、尋ね申さでは渡し申すまじく候。」

とあり、このあと弁慶は義経を「船より引き下ろし、扇にてさんざんにこき伏せたり」とある。

江戸時代に成った、歌舞伎の『勧進帳』が有名なためか、今日では弁慶が義経を打ったのは加賀国の「安宅《あたか》の関」でのこととして知られ、『能登釜《のとがま》』（一六九九年序）にも「安宅関にて」として

雪簑や主の背中を打ちたゝき　晩山

の句が載る。しかし、それが広く知られる前は『義経記』によって富山のこととして認識されていたものと思われる。

平成17年夏に石川県立博物館で「源平合戦と北陸　義経伝説を育んだふるさと」と題された特別展が催された。富山もその「ふるさと」であり、義経・弁慶伝説が少なからず伝えられている。たとえば前

掲『誹諧草庵集』には「いひつたへたれど定かならず」としながらも、如意の渡りで、弁慶が義経の袴を船賃としてわたしたとあり、さらに同書には、義経・弁慶伝説のある「義経の雨晴し」「清水」「腰掛け岩」「まな板岩」での俳人十丈《じゅうじょう》の句を載せている。人間のある種の「優しさ」のあらわれである「判官贔屓《ほうがんびいき》」によって、富山での伝説が創作されたということか。

【太平記】

『平家物語』と並び称される軍記物語に『太平記』がある。「太平記読み」といわれるように、口誦による「読み」と講釈で流布した。前掲『能登釜』にも

五月雨や読みすましたる太平記　樹水

の句を載せる。また前掲『越の下草』には、富山の本叡寺の法華法師が「剱の巻」から「廿の巻」までの作者である、とする。

『太平記』には、鎌倉幕府の執権になった北条時頼が「密かに形をやつして六十余州を修行し給ふ」とあり、また謡曲『鉢の木』に、時頼の鎌倉参集の命が下るとまっさきに佐野常世が参上したので「越中桜井荘」などを与えたとあるためか、時頼が越中国を訪れた伝説があり、江戸時代になった『三州奇談』(4)には時頼が強盗にあった話、『喚起泉達録《かんきせんたつろく》』(5)には時頼が盗人に間違えられた話などが収録されている。

また『太平記』は、富山における名越時有《なごやときあり》の滅亡、その遺児時兼の反乱、桃井直常の抵抗などがえがかれている。このうち名越氏の滅亡について以下の話が載る。

鎌倉幕府の命により、恒性皇子を殺した越中国の守護名越時有は、出羽・越後の宮方の軍を迎え撃つため、二塚《ふたつづか》に軍勢を集めていたが、六波羅陥落などの報が入ると、その軍勢の多くが離脱し、一族の七十九人しか残らなかった。そこで男性は切腹、女性、子どもは放生津の沖で入水した。

そしてその後日談として「夫婦執着の妄念を遺しけるにや」と分析したうえで「その幽魂亡霊」が出る話を載せる。この怪奇談は、『太平記』に載ることもあってか、それなりに流布したようで、江戸時代に成された山岡元隣《げんりん》『百物語評判』「舟幽霊」でもふれられている。

【絵本太閤記】

武将がかかわる怪奇談としては『絵本太閤記』の佐々成政にまつわるものがある。佐々成政は織田信長に仕え、天正八年(一五八〇)から五年間ほど、富山にいた武将である。信長没後に秀吉と家康が争ったおりに、反秀吉側の成政が、積雪した北アルプスを越えて浜松にいた家康にあいにいった話は、「さらさら越え」などといわれ、知られる。

『絵本太閤記』では、さらさら越えのほか、成政が、讒言により寵愛する早百合姫を殺した話が載る。さらさら越えの後、成政は秀吉に攻められるが、このときに早百合姫の亡魂に苦しめられたとある。また、後日談として、早百合姫の亡魂は、富山を流れる神通川べりに火の玉となってあらわれ、「早百合火」「ぶらり火」と呼ばれたとある。(6)

たとえば喜多川歌麿が、錦絵「教訓親の目鑑　理口者」で、寝転んで『絵本太閤記』を読む女性を描いており、『絵本太閤記』は、ベストセラーであったといってよい。成政の「さらさら越え」などのことは、『絵本太閤記』を通じて富山以外の人にもよく知られた話と思われる。

なお関連してのべると、秀吉が成政を攻めるにあたって

いなくひをかりとる秋の最中かな　　秀吉

かまやりもちて敵をみか月　　紹巴

と俳諧の連歌を詠んだと『四国御発向並北国御動座事』（続群書類従第二十輯下）にある。「最も吉兆のものなり」とあることから、戦勝祈願のものと考えられる。前句は「稲杭」に「否（いな）首」を掛けて、成政の首をとることを意味し、付句は「みか月」の「み」に「見」「身」、「月」に「突き」を掛けて、敵を見たらその身を槍で突くの意を掛ける。

【文学は知財】

富山にかかわる「もののふ」や「いくさ」をえがいた物語は、あくまでも物語であって、史実をどれほど含むのかは不明である。その物語を創作したり、伝えた人は不明だが、廻国する宗教関係者が説いたことに起因することが多かったと思われる。どのようにその宗教とかかわるかは様々であろうが、物語る行為には何らかの宗教目的があったと思われる。

また地域の人の創作であったものは、自らの由緒や地域の由緒にかかわるものであったと考えられる。ある種の「郷土愛」に結びつくものといえよう。佐々成政が早百合姫の亡魂に苦しめられたという

『絵本太閤記』ぶらり火の図

物語は、後にこの地をおさめた前田家が佐々成政をおとしめるために広めたともいわれることがある。(7)こうした「前田家による広報」は公的な文献資料には記されないので、史実か否かはわからない。しかし、もし実際はそのようなことはなかったのならば、これはあらたな郷土愛に結びつく「伝説」の創作である。

「もののふ」や「いくさ」をえがいた物語は、様々な文学作品の種となっている。また今後もあらたな作品を生み出すものとなりえる。その意味で富山の貴重な「知的財産」という見方もできよう。

三 俳諧

【連歌】

富山の農民であった内山逸峰《はやみね》（一七八〇年没、八〇歳）は、江戸時代に刊行されたものはないが、多くの紀行文と和歌を遺した。(8)その逸峰のことを、魚津の岸本幾布《きふ》は

さきに円位上人あり、後に宗祇《そうぎ》法印あり、今又逸峰のぬし有

とのべている（『東路露分衣《あずまじつゆわけごろも》』）。いわば「旅の詩人」としての逸峰を称えるために、有名な円位上人すわなち西行と宗祇を出したのである。西行は歌人として、宗祇は連歌師として全国的に著名である。

西行の著と信じられた『撰集抄《せんじゅうしょう》』には「越路の方」に赴いた、とする説話があり、『越の下草』には越

中の西住を訪ねた話などが載る。

西行が富山に来たことを示す史料はないが、宗祇が越中を訪れたことは史実であり、

越中国新川の郡にて会侍りしに、夕だちを

夕立の新川流すちまたかな

（注・「ちまた」は連歌の行われている場所）

遊佐新左衛門もとにて、長月ばかりに千句侍りしに、月を

もる月にあけるや関の砺波山

（注・「あける」に「明ける」と「開ける」を掛ける）

といった句を詠じている。右にみられる千句連歌は現存していないが、富山の武士たちのもとで宗祇の一座した連歌会が少なからずおこなわれたことがうかがえる。なお宗祇と同じく著名な連歌師猪苗代兼《けん》載《ざい》も富山を訪れており、連歌をおこなったと考えられる。

江戸時代、加賀・能登・越中をおさめた前田家は、菅原道真の子孫と称したため、天神（菅原道真）信仰が厚い。前田利常は、小松神社を建て、京都の北野天満宮から能順《のうじゅん》を招いている。明暦二年（一六五六）におこなわれた、その造営の祈念百韻連歌では、後の富山藩主利次《としつぐ》が一座している。

また、連歌は天神を守護神としたため、前田家では連歌がおこなわれることがあった。たとえば富山藩主前田利保《としやす》は家臣と連歌をおこない、天保十五年（一八四四）一月二十五日に、柳町天満宮に奉納し

ている（富山市立図書館蔵『天保十五年辰一月廿五日柳町天満宮え御奉納何船連歌』）。

国語学者として知られるとともに、連歌研究者でもあった山田孝雄《よしお》の父方雄も連歌をおこなっていた。『連歌伝受之覚《れんがでんじゅのおぼえ》』（富山市立図書館所蔵）によれば、富山藩士近藤光則から伝わる連歌の秘伝が、明治三十三年に山田方雄から孝雄に伝えられている。

こうした前田家との社交のためか、武士階級ではない者で連歌をおこなう者もいた。たとえば、滑川で本陣をつとめた桐沢家の昌保・尚庸兄弟、高岡の由緒町人服部正知である。(9)

【俳諧】

近世俳諧は流派でみると、おおまかには貞門、談林、蕉門という流れをたどる。先にあげた桐沢昌保・尚庸兄弟は、酊丸、蓮蛙という俳号を持つ談林の俳人でもあった。その句は『白根草《しらねぐさ》』（一六八〇年刊）にみられ、蓮蛙は『加賀染《かがぞめ》』（一六八一年刊）にも句が載るほか、天和三年（一八六三）に大淀三千風が越中来訪したさいの紀行『日本行脚文集』（一六九〇年編）に、三千風の発句に付けた脇句が載る。

昌保・尚庸兄弟と交流があった加賀国小松の歓生は、彼らと同じく連歌も俳諧も嗜む町人であった。歓生は、元禄二年（一六八九）に芭蕉が小松を訪れたさい、芭蕉と俳諧の連歌を詠むが、昌保・尚庸兄弟をはじめとして富山の俳人たちは、芭蕉に何ら関心をしめさなかったようである。芭蕉とともに旅をした曽良の『随行日記』には、滑川、高岡で、芭蕉が宿泊したとはあるが、俳諧の連歌をしたとはなく、『奥の細道』にはわずかに以下のように記されるだけである。

黒部四十八が瀬とかや、数しらぬ川をわたりて、那古《なご》といふ浦に出づ。担籠《たこ》の藤波は春ならずとも、初秋《はつあき》の哀れとふべきものをと、人に尋ぬれば、「是より五里磯伝ひしてむかうの山陰に入り、蜑《あま》の苫《とま》ぶきかすかなれば、芦の一夜の宿かすものあるまじ」と言ひおどされて、加賀の国に入る。

早稲の香やわけ入る右は有磯海《ありそうみ》

芭蕉は直接富山の人たちに影響を与えなかったが、後にその門人が富山に蕉風をひろめる。その門人の第一にあげるべきは、井波の瑞泉寺十一代住職であった浪化《ろうか》であろう。(10)芭蕉が富山を通過したときはまだ門人でなかったため、後に

芭蕉翁当国の行脚もしらず、やや程を経てその句をまふけ、その人を慕ふ。

早稲の香やありそめぐりのつえのあと

と富山通過を知らなかったとのべているが(『有磯海』一六九五年刊)、浪化が芭蕉の弟子になったとされる元禄七年(一六九四)から、元禄十三年になくなるまでの七年間に『有磯海』『となみ山』を編むなどし、富山の俳人に影響を与えた。なお、支考が編んだ浪化の追善集『霜のひかり』(一七〇四年刊)には多くの富山の俳人の句が載り、その中の俳諧の連歌に

俳諧の名に残りたる砺波山

とあり、浪化の編んだ句集名が詠み込まれもした。

浪化のもとを訪れた俳人は少なからずいるが、中でも各務支考は浪化を助けるとともに富山をめぐ

り、その結果、富山は蕉門になったといって過言ではあるまい。それはまた俳諧人口の増加をもたらした。

さらにそのことは、井波・路健『旅袋《たびぶくろ》』（一六九九年）、高岡・十丈『射水川《いみずがわ》』、福光・柳士『桃盗人《ももぬすびと》』（一七〇五年）、福光・巴兮『山琴集《さんきんしゅう》』（一七一四年）といった俳書の刊行をもたらすことになり、安永三年（一八五六）には色刷りの版画を付した『俳諧　多磨比路飛《たまひろひ》』が刊行されるまでになる。(11)

また俳論として六平斎亦夢《やくむ》の名で刊行された『俳諧一串抄《いっきんしょう》』（一八三〇年序）は、看過してはなるまい。六平斎亦夢とは黒川那雄《ともお》のことである。(12)一九三三年に刊行された『新庄町史』に

著書には一串抄・点式標の名俳書がある。就中一串抄殊に行はれ、現代大家の著述にも屢々引用されてゐる。

とあるように、『校註俳文学8』（一九二九年、大鳳閣書房）などに収録され、かつてよく読まれた俳論である。

また戸出の蚕臥は、芭蕉の句の解釈『芭蕉新巻《ばしょうあらまき》』（一七九三年刊）を著し、俳人の肖像画とともにその句を載せた『俳諧百一集《ひゃくいちしゅう》』（一七六五年刊）は、その知人の尾崎康工《こうこう》（一七七九年没、七十九歳）によって編まれたものである。この二人の富山の俳人も見過ごせまい。

【万葉集から】

富山の文学について述べるとき、まず第一にとりあげるべきは大伴家持と『万葉集』であろう。家持

は、越中での詠歌を『万葉集』におさめた。大伴家持は古代の代表的歌人であり、『万葉集』は古典文学の代表的歌集であり、国文学の通史でふれられないことはない。

和歌に詠まれた名所を「歌枕」という。いわゆる「越中万葉」で詠まれた越中国の地域も歌枕となり、平安時代以降、和歌に詠じられた。『俳枕《はいまくら》』を著し、多くの和歌名所を訪れたと考えられる高野幽山《ゆうざん》がまとめた『和歌名所追考』には「越中国」も含まれる(13)。

江戸時代になり、時代が安定してくると、地域に対する意識を持つ住民が多く出てくるようになり、いわば「地域の誇り」となるべきものをあらたに見出したり、見直したりするようになる。大伴家持や『万葉集』が注目されたことはいうまでもない。家持ゆかりの地が名所になったことは、この地を訪れた俳人句空が、その旧跡をおとずれたことで知られる(俳諧草庵集)。

竹内十丈は富山を流れる「射水川」をタイトルにした俳書を編み、元禄十四年(一七〇一)に刊行する。浪化は「射水川は万葉の姿に流れて昔のあともなつかしければ此度集の名となすべきよし」として

集の名の寝覚めも涼し射水川

と詠んだ。十丈の序文では「この高岡は」「南は射水川の流に舟人の朝なぎをうたふ」とあるのみで、「万葉集」の名は記されなかったが、『万葉集』におさめられた大伴家持の詠歌

朝床に聞けばはるけし射水川朝漕ぎしつつ唱ふ船人

をふまえた序文である。この書名が『万葉集』を意識したものであったことは疑いあるまい。

またそれにおさめられた「俳諧の連歌」中に以下のようにある。

鱈釣り舟の歌を案ずる　枝動
家持も越は淋しう思はれて　東白

「鱈」は、加賀・越中で好まれた食材で、たとえば江戸にあった加賀藩邸の発掘調査で、鱈の骨が多くでてきている。わざわざ加賀国から取り寄せていたのである。つまり

鱈　↓　越（の国）　↓　家持

という連想であったと考えられる。この「釣り舟の歌」も先の家持の詠歌をふまえたものである。「俳諧の連歌」は、最初の句（発句）はともかく、他の句は前の句にあわせるので、あらかじめ詠んでおくことができない。つまり、その場で家持の和歌を思い浮かべたことになる。また一座している者が理解できると思って家持の詠歌をふまえたと考えられる。富山の俳文学の背景には芭蕉だけではなく、『万葉集』の存在があることも忘れてはなるまい。

四　おわりに

たとえば和歌（短歌）には、五・七・五・七・七で詠むとか、「松」は長寿なものとして詠むといった「詠み方」があるように、文学には形式を大切にする一面がある。特に古典文学は、形式をふまえたも

のが多く、それは、西洋的個人主義を経験した人にとって、古い文化として遠く感じられるものかもしれない。

しかし、「形式」は歴史を経て形成される「伝統」であり「文化」でもある。歴史は偶然がからむことによって独特なものが形成される。たとえば家持が一時期富山に居たことも、『万葉集』を編んだことも、たまたまの事であり、必然ではなく偶然である。その偶然が「越中万葉」という地域性豊かなものを生んだ。そしてそれは歴史を経て、たとえば家持の和歌をふまえた俳諧の句が詠まれ、いわば「紐付け」されながら多様な文学を生んだ。それは「もののふ」「いくさ」の物語にもいえることである。

偶然によってもたらされた独特なもの、すなわち地域性を様々な形で受容し、紐付けしながら発展されたものは「熟成した文化」といえよう。「富山の古典文学」はその意味で評価される。

さらにいえば、文学を読み解き続けることは、単なる知識獲得という行為ではない。人間の営みがいつの時代も複雑かつ多様性に満ちたものであることを実感する行為でもある。良い文学が共通して持つ特質として、画一的ではなく、人間の営みに対する複雑な多様性が描かれていることがあげられる。一つの文学作品だけではなく、「富山の古典文学」というくくりでみたとき、富山の古典文学にはそれがあるのではないかと思われる。

注

1　竹谷蒼郎『要説芭蕉新巻』（金沢工業大学旦月会、一九七一年）に翻刻が収録される。

2　岩倉規夫『越の下草』（富山県郷土史会、一九八〇年）に翻刻が収録される。

3　木下斐出男『春の山路』（富山県郷土史会、一九八〇年）に翻刻が収録される。

4　日置謙『三州奇談』（石川県図書館協会、一九三三年）に翻刻が収録される。

5　『喚起泉達録』（富山県郷土史会、一九七四年）に翻刻が収録される。浅見和彦他編『喚起泉達録―もう一つの越中旧事事―』（雄山閣、二〇一四年）に現代語訳が収録される。

6　廣瀬誠他編『佐々成政物語～絵本太閤記より～』（桂書房、一九九六年）は、『絵本太閤記』（明治二十二年再刻本）の佐々成政関連箇所の影印を収録する。

7　遠藤和子『佐々成政〈悲運の知将〉の実像』（サイマル出版会、一九八六年）二頁。

8　逸峰の作品は、岡村日南子『内山逸峰紀行文集』（桂書房、一九八四年）『内山逸峰集』（桂書房、一九八六年）『続内山逸峰集』（桂書房、一九八八年）に翻刻が収録される。

9　服部正知については、拙著『越中の連歌』（桂書房、一九九二年）を参照されたい。

10　富山県郷土史会『郷土の文化』（第三十八～四十輯、二〇一三～五年）に翻刻等が掲載される。

11　浪化については、上杉重章『越中蕉門浪化句論釈』（桂書房、二〇〇二年）を参照されたい。

12　黒川那雄については、拙著『近世越中　和歌・連歌作者とその周辺』（桂書房、一九九八年）を参照されたい。なお那雄（亦夢）は、伊藤松宇の父洗耳に選評をこうていた（伊藤松宇『俳諧雑筆』明治書院、一九三四年。二二八頁）。

13　長崎健他編『越中の歌枕』（桂書房、一九九七年）に「和歌名所追考　越中国」の翻刻が収録される。

小泉八雲と万葉集
——遺作「天の河縁起」にみる山上憶良の七夕歌の享受を中心に——

田中夏陽子

『天の河』の話でも、ヘルンは泣きました。

私も泣いて話し、泣いて聴いて、書いたのでした。

——小泉節子『思ひ出の記』より——

一　はじめに——なぜ小泉八雲の蔵書が富山にあるのか——

富山大学附属図書館中央図書館の特別コレクションに「ヘルン文庫」がある。

小泉八雲（ラフカディオ・ハーン、Lafcadio Hearn、嘉永三年〔一八五〇〕〜明治三十七年〔一九〇四〕）の旧蔵書で、洋書二〇六九冊、和漢書三六四冊、及び「神國日本」の手書き原稿上下二冊一二〇〇枚からなる。

「ヘルン」とは、明治二十九年、八雲が四十六歳の時に日本に帰化して小泉八雲と改名する前の名前ラフカディオ・ハーンの「ハーン（Hearn）」をローマ字読みしたもの。八雲が英語教師として最初に赴任した島根県尋常中学校でも「ヘルン先生」と呼ばれ、妻のセツ夫人も「ヘルンさん」と呼んでいたことに由来する。(1) ヘルン文庫の蔵書には「へるん」と変体仮名の印章が押されたものもある。

小泉八雲ゆかりの地といえば、八雲が移り住んだ島根、熊本、神戸、東京などがあげられるが、富山には訪れたことがない。その八雲の蔵書が、なぜ富山大学にあるのか。

それは、富山県生まれの英文学者で女子学習院教授の田部隆次《たなべりゅうじ》（明治八年～昭和三十二年）が、東京帝国大学で八雲の教え子だったことによる。

八雲亡き後、その蔵書は小泉家の管理のもと利用されていた。しかし、関東大震災を境に小泉家は、安全に管理保管できる大学への蔵書の一括譲渡を考えていた。

ヘルン文庫（富山大学附属図書館）

奇しくも田部の実兄である南日恒太郎《なんにちつねたろう》（明治四年～昭和三年、富山大学の前身旧制富山高等学校初代校長、明治大正期の英語教育の先駆者）は、旧制富山高等学校を新設中であり、優秀な学生を富山の地で育てるためにと、後に小泉八雲全集刊行会代表となる実弟田部を介して、蔵書の譲渡を小泉家に依頼。譲渡資金を、江戸時代に日本海側有数の北前船廻船問屋として栄えた富山市北岩瀬の資産家馬場はるが提供し、八雲の蔵書は旧制富山高等学校に寄贈された(2)。

先の戦争では、密かに黒部へ疎開させていたため、地方都市への空襲としては最大規模であった富山大空襲（昭和二十年八月一日）の難を免れた。その際、いわゆる「敵性語」の書物が多数含まれるため、疎開先でも蔵書を保管する家の当主以外は、その存在を知らされていなかったという。

二　八雲の講義ノートの発見――北星堂書店の蔵書「中土文庫」――

富山大学附属図書館には、「ヘルン文庫」の他にも小泉八雲にかかわる蔵書として「中土《なかつち》文庫」がある。北星堂書店の創始者中土義敬《なかつちよしたか》（明治二十二～昭和二十年、富山市出身）と、二代目社長中土順平の蔵書である。

北星堂書店は、小泉八雲の著作をはじめ日本文化を海外に紹介する英語出版物や、南日恒太郎・田部隆次の著作を数多く手がけた出版社である。八雲の蔵書の箱詰めと東京から富山への移送を担当したのは、中土であった（小泉一雄『父小泉八雲』二四五頁）。

平成二十三年、この中土文庫から、八雲が旧制の第五高等学校（熊本）へ英語教師として赴任中の講義内容を記した資料が、中土家親族の千田篤氏によって発見された。

詳細は、平川祐弘監修『ラフカディオ・ハーンの英語教育《友枝高彦・高田力・中土義敬のノートから》』（弦書房・平成二十五年）に詳しいが、熊本の五高生であった友枝高彦《ともえだたかひこ》（明治九年～昭和三十二年、東京教育大学名誉教授）が八雲の英語授業を受けた時のノートを、友枝がヘルン文庫の整理に尽力していた高田《たかだ》力《つとむ》（明治二十六～昭和二十一、旧制富山高等学校教授、友枝の東京高等師範学校時代の教え子、北星堂書店刊『小泉八雲の横顔』著者）の元に訪れたことをきっかけに、高田が借りて書写。その高田が書写したものを、戦時中に将来の出版を考えて中土義敬が書き写したものである。

第二次世界大戦の動乱で友枝高彦の直筆ノートも高田力の写しも所在不明となった今、熊本時代の八雲を知る上で欠かすことができない一級資料となった。友枝・高田・中土の八雲に対する敬愛の念が、富山を舞台に時を越えて伝わる資料である。

そして、この友枝高彦による八雲の講義ノートの発見を契機に、熊本の五高生だった黒板勝美《くろいたかつみ》（明治七年～昭和二十一年、東京帝国大学教授、歴史学の大家で『国史大系』編纂者）の直筆ノート（東京大学文学部英語英米文学研究室市河文庫蔵）や、八雲の直筆の添削とコメントが記された松江時代の教え子である大谷正信《おおたにまさのぶ》（繞石《ぎょうせき》、明治八年～昭和八年、子規派俳人、金沢四高教授）と田辺勝太郎の英作文ノートのガラス乾板（五高出身の劇作家木下順二によって熊本県立図書館に寄贈されたもの）も再び注目されるようになった[3]。

三　遺著『天の河縁起　そのほか』

昔から伝わる物語や伝説・民話を、文学に昇華させた再話文学の名手である小泉八雲。

その代表作品といえば、日露戦争が勃発した明治三十七年、八雲が五十四歳で逝去する年に刊行された『怪談』である。実はこの『怪談』とほぼ同時進行で八雲が執筆していたと考えられる[4]著作に、四十一首もの万葉集の七夕歌を引用した評論がある。「天の河縁起」（原題“The romance of the Milky Way”[5]）という名の評論で、逝去の翌年明治三十八年八月に「アトランティック・マンスリー」誌（「大西洋評論」、Atlantic Manthly）に掲載され、十月に米国のホートン・ミフリン社から刊行された遺稿集『天の河縁起　そのほか』（原題“The romance of the Milky Way and other studies and

小泉八雲の遺稿集『天の河縁起　そのほか』
（富山大学附属図書館・ヘルン文庫蔵）

stories”）に収録された(6)。

遺稿集となった『天の河縁起　そのほか』には、「天の河縁起」「化け物の歌」「『究極の問題』」「鏡の少女」「伊藤則助の話」「小説よりも奇」の六篇と「日本からの手紙」という一文が収録されており、内容は怪談風の物語や小論、エッセイなど多様である(7)。

この遺稿集の巻頭作品が「天の河縁起」であり、八雲文学の特徴がとてもよく現れた巻頭を飾るにふさわしい評論である。

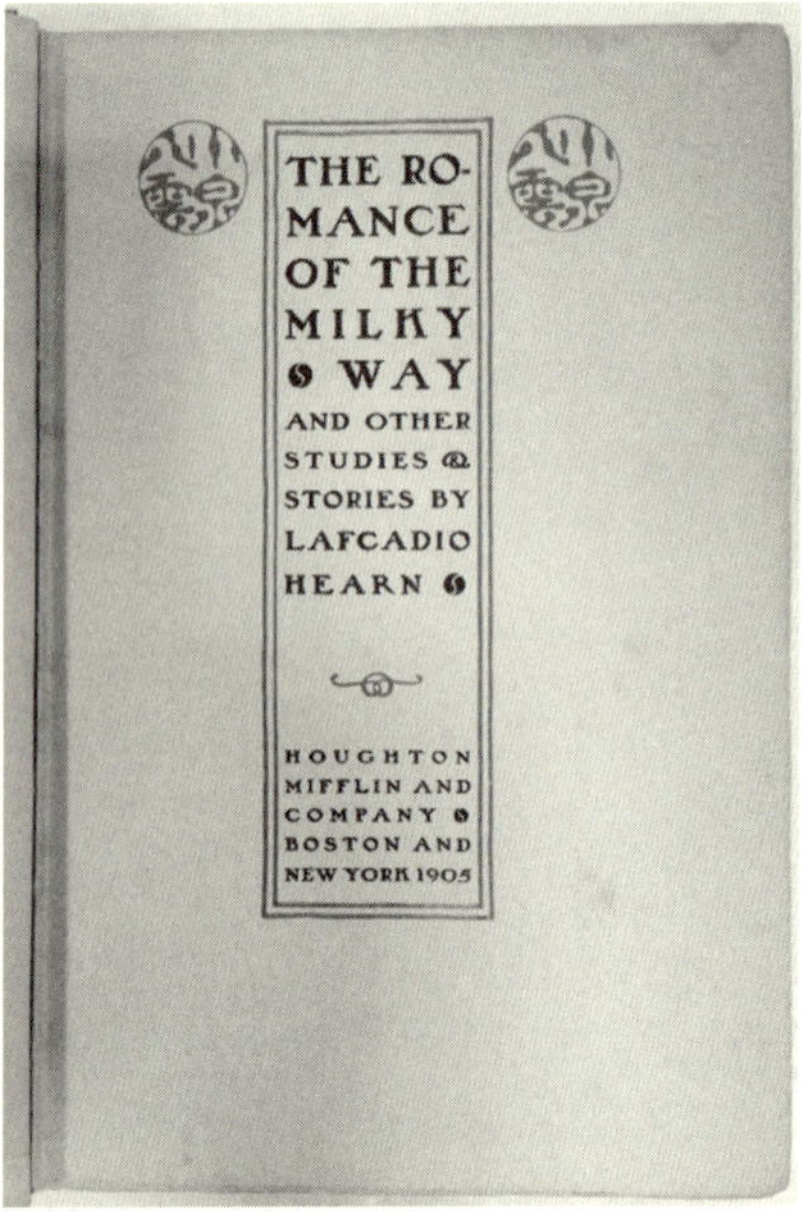

内表紙

四　妻セツと泣きながら執筆した「天の河縁起」

その内容は、七夕祭りの起源・地方の風習・万葉集の七夕歌の紹介、批評や考察で、注目すべきは八雲の七夕に対する思い入れの深さである。染村絢《そめむらあや》子《こ》氏が指摘されるように、八雲が七夕伝説と最初に出会ったのは、アメリカ時代であったと考えられるが、[8]来日して実際に七夕の祭りに接するようになった八雲は、評論の冒頭から、

旧日本が行うた幾多の面白いお祭りの中で、一番浪漫的なのは、タナバタサマ、即ち天の川の織姫のお祭りであつた。

と、七夕は日本の祭りの中で最もロマンチックな祭りであると主張している。

八雲の没後十年目に出版されたセツ夫人による口述筆記『思ひ出の記』には、『怪談』『神國日本』などの著作の際の苦労話が綴られているが、次のようにある。[9]

『天の河』の話でも、ヘルンは泣きました。私も泣いて話し、泣いて聴いて、書いたのでした。

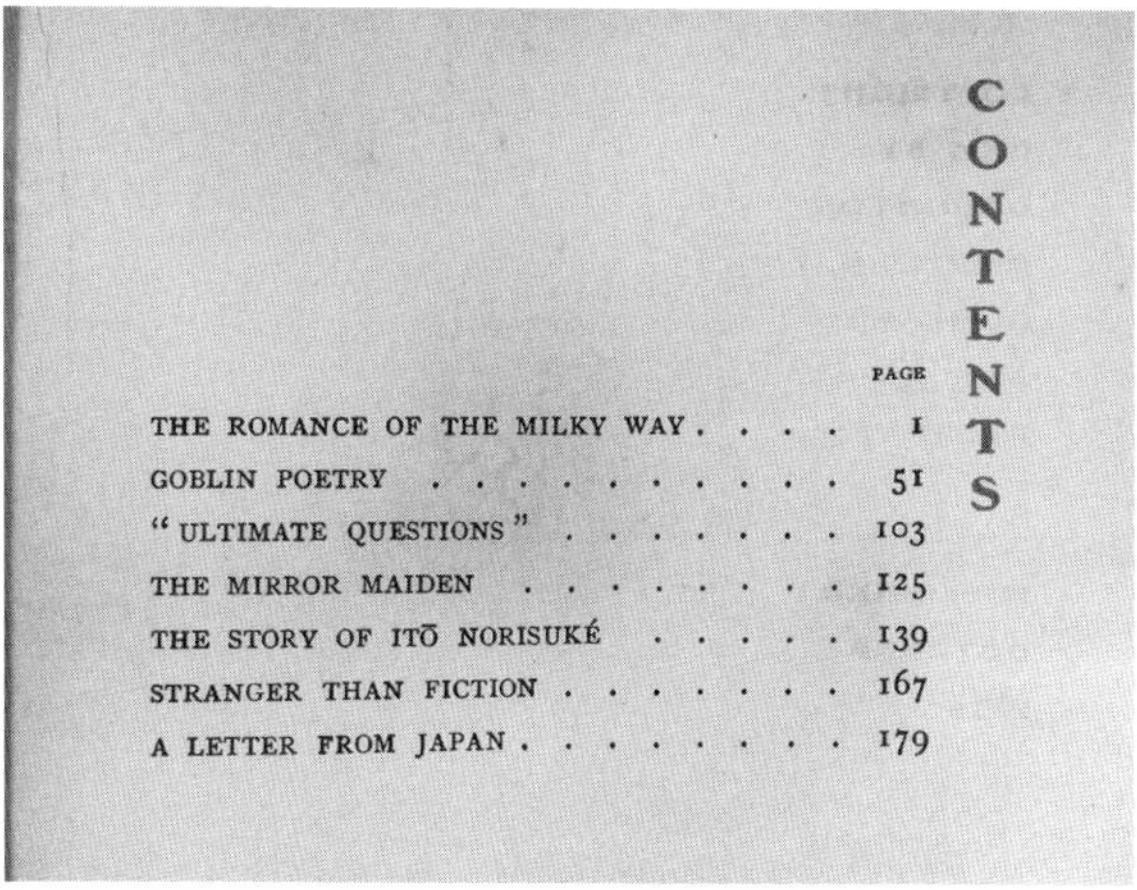
CONTENTS

目次部分

『思ひ出の記』のこの部分は時系列順に語られているので、前後の文脈からすると、「『天の河』」は八雲の著作としての「天の河縁起」を指していると考えられる。八雲は泣きながらこの評論を書いていたのである。

幼い頃から物語や昔話が好きだったセツ夫人が、語り部として八雲の執筆活動の助手を務めていたことはよく知られている。セツ夫人は、八雲と結ばれる前は、没落士族の養家や生家を養うために機織会社で機織りをして働いていた。[10]「私も泣いて」とあるように、「天の河縁起」執筆に際して泣いたのは八雲だけではなく、夫人も涙しながら七夕について語っていた。天上の七夕伝説が、セツ夫人の機織りの体験を介して身近で血の通った物語となり、八雲の耳に届いていたのかもしれない。

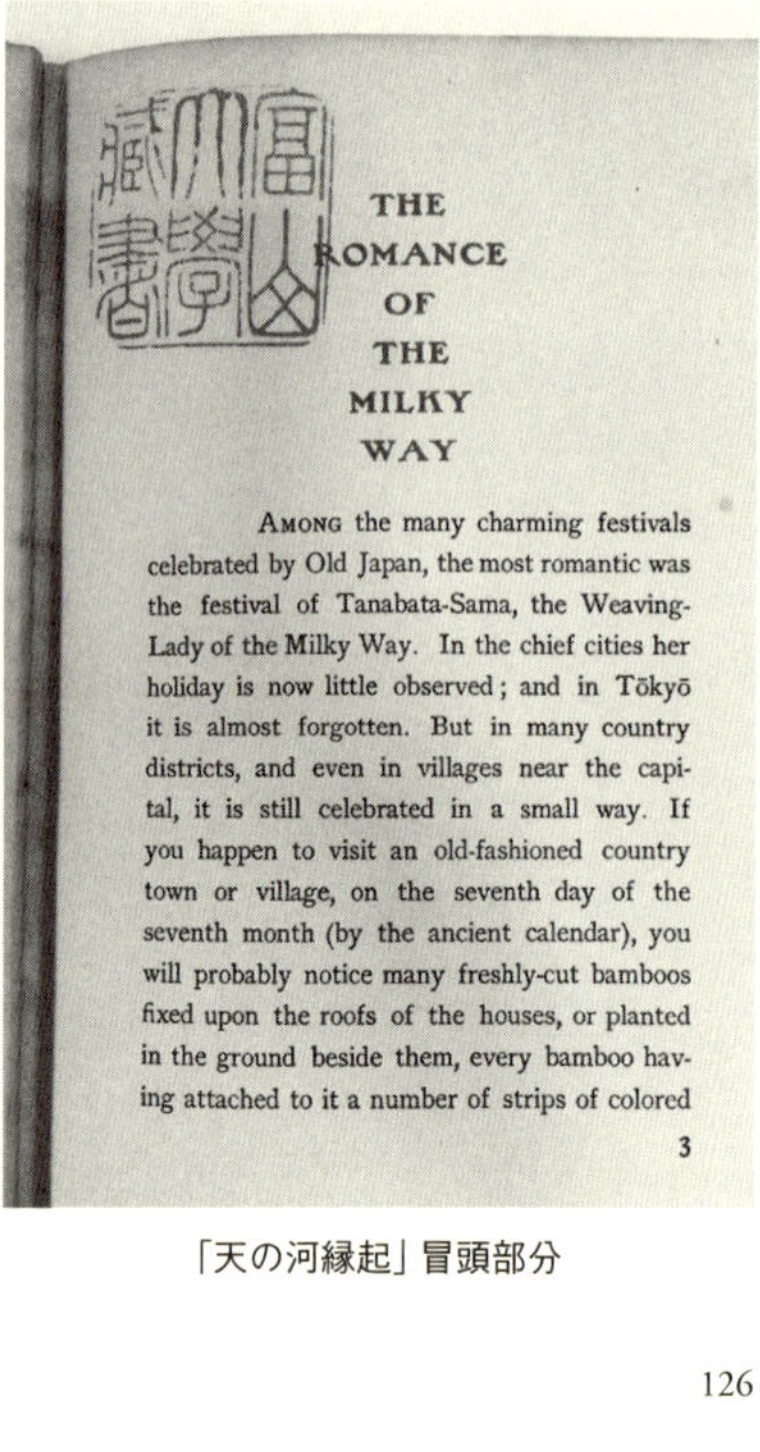

THE ROMANCE OF THE MILKY WAY

AMONG the many charming festivals celebrated by Old Japan, the most romantic was the festival of Tanabata-Sama, the Weaving-Lady of the Milky Way. In the chief cities her holiday is now little observed; and in Tōkyō it is almost forgotten. But in many country districts, and even in villages near the capital, it is still celebrated in a small way. If you happen to visit an old-fashioned country town or village, on the seventh day of the seventh month (by the ancient calendar), you will probably notice many freshly-cut bamboos fixed upon the roofs of the houses, or planted in the ground beside them, every bamboo having attached to it a number of strips of colored

3

「天の河縁起」冒頭部分

続いて評論では、五色の短冊をつけた笹飾りの美しさ、その笹飾りの短冊に歌が書かれていることなど当時の日本の七夕の光景が紹介される。中国の七夕伝説にも触れつつ、「タナバタ」の語源や、採取した出雲の七夕の風習・伝説、地方に伝わる民謡などをもとに、民俗学的な視点での言及が続く。

こうしたアプローチは、柳田国男とも通じるものがあり、小泉梵氏（民俗学者・八雲の孫）は「柳田とハーンの面識については定かでないが、二人が同じ時期に早大講師をつとめていることから、講師室で顔を合わせた可能性も否定できない。いずれにしても、柳田の民俗学活動に関して水面下でハーンが与えた影響は少なくない。」（平川祐弘監修『小泉八雲事典』）と、柳田からの八雲の長男小泉一雄宛の書簡を引用しながら述べている。周知のように八雲は元新聞記者で、その文章は分りやすく抒情性に集約する傾向があるように思われる。そうした八雲の著作の特性は、民俗学者でかつ農商務省の高等官僚だった柳田国男に較べると若干通俗的扇動的とも言えるが、八雲文学の魅力を支える要素でもあろう。

五　八雲が選んだ山上憶良の七夕歌

七夕の故事来歴についても、八雲は資料を紹介しながら考証的態度で論を展開している。

興味深いのは、「七夕祭を初めて日本で行ったのは天平勝宝七年（紀元七百五十五年）の七月七日であった。」（第一書房『小泉八雲全集』七巻・三六八頁、以下『八雲全集』と略す）と、室町時代の有職故実書『公事根《くじこん》源《げん》』に書かれている孝謙《こうけん》天皇時代に乞巧奠《きっこうてん》（七夕の祭り）が行われたとする説をあげながらも、(11)

が、然し天平勝宝前でも、織姫の伝説はよく知られて居たらしい。養老八年（ママ）（紀元七百二十三年）の七月七日の夜に、歌人の山上憶良が、　（『八雲全集』七巻・三六八頁）

と、『万葉集』巻八の山上憶良《やまのうえのおくら》の七夕歌（一五一八番）を、ローマ字の音表記で引用していることである。

山上臣憶良の七夕の歌十二首
天の川　相向《あひむ》き立ちて　我が恋ひし　君来ますなり　紐解《ひもと》き設《ま》けな
右、養老八年七月七日、令《れい》に応《こた》ふ。　（巻八・一五一八）

『万葉集』の七夕歌は、集中に一三二首を数えるが（『上代文学事典』おうふう・平成八年）、そのうち山上憶良の七夕歌は、長歌を含め十二首あり、作者のわかる季節歌を集めた巻八の秋雑歌《あきぞうか》に歌群として載る。右の歌は、題詞《だいし》に「山上臣憶良の七夕の歌十二首」とあるように、歌群冒頭歌にあたる。八雲が述べるように、山上憶良の天平《てんぴょう》　勝宝《しょうほう》以前の歌である。

『八雲全集』七巻所収の「天の河縁起」は、八雲の松江時代からの弟子の大谷正信が翻訳を担当しており、この部分について八雲の原文は次のように〝the seventh year of Yoro (A.D. 723)〟と書いている。直訳するならば「養老八年（紀元七百二十三年）」ではなく「養老七年（紀元七百二十三年）」とすべきである。

Even before Tembyō Shōhō, however, the legend of the Weaving-Maiden seems to have been well known in Japan; for it is recorded that on the seventh night of the seventh year of Yōrō（A.D.723）the poet Yamagami no Okura composed the song:—

（原書“The romance of the Milky Way and other studies and stories”十六頁）

大谷は翻訳の際に、『万葉集』一五一八番歌の左注《さちゅう》「右、養老八年七月七日、令《れい》に応《こた》ふ。」を見て修正したものと思われるが、評論後半のこの歌に対する注（原書三十頁）でも、“in the seventh year of Yōrō, —— A.D.723, ——”（養老七年）と八雲自身が書いている。

ちなみに、養老八年は西暦七二四年で、二月四日に皇太子首《おびと》皇子が即位して聖武天皇となり「神亀《じんき》」と改元された。山上憶良の一五一八番歌は、左注から七月七日詠であることは確実なので、「養老」とあるが改元後の神亀元年（七二四）七月七日詠ととるか、あるいは前年の養老七年（七二三）のこととするか、「八」の崩し字は「六」に似ていることから「養老六年」（七二二）の誤写とするか、作歌年については今日でも定説を見ていない。作歌年に揺れがあることを八雲が認識していたか不明だが、養老七年（七二三）説を採用したことになる。

さて、ここで着目したいのは、一三〇首を越える『万葉集』の七夕歌から、八雲は山上憶良のこの七夕歌を、「天の河縁起」の中で二回も引用したことである。

その理由については、右で述べたように、この歌が七夕の故事来歴を紹介するにあたって作歌年代が天平勝宝以前であることが明確なのが第一の理由だろう。第二の理由は、この歌を二回目に引用した部分の八雲自身の歌の注にあるように、「紐解き設《ま》けな」という言葉が目がとまったからである。

〔この最後の句は非常に古い日本文学に記載されて居る面白い習慣を指して居る。恋人は、分かれる前に、互の内側の帯（ヒモ）を結んで、つぎに会ふ時までその結びに手を触れずに置くことを約束する習はしであつたのである。この歌は養老七年——紀元七百二十三年——今を去る千百八十二前に作られたものだといふ〕

（『八雲全集』七巻、三七八頁）

日本の民謡や民俗風習の採集に熱心だった八雲は、この七夕歌にうたわれた万葉びとの下紐をめぐる風習に心惹かれたのである。アメリカ時代に「タイムス・デモクラット」紙の文芸部長として、東洋関連の神話や文学について執筆している八雲らしい選歌である(12)。

そして、第三の理由として考えられるのは、この七夕歌が山上憶良の歌だったからだと思われる。「天の河縁起」の中でも八雲は、「つぎに翻訳する初めの十一の短歌は千百年以上も前に筑前の国の守であった山上憶良が作ったものである。(13)」とあるように、憶良の七夕歌が最も多くこの評論に掲載されており、他にも『万葉集』を紹介する一節で、憶良が詠んだとされている次の歌をローマ字表記で引用している。

若ければ　道行き知らじ　路《まひ》はせむ　したへの使ひ　負ひて通らせ　(巻五・九〇五)

古日《ふるひ》という幼い子どもが亡くなった時の長歌の第一反歌《はんか》で、「この子は、幼くて道も知らないのです。お礼はします。黄泉路の使者よ、おぶって通らせてください」という意。幼くして子を亡くした親の心情を端的に言い表しており、子どもがいる親ならば慟哭を禁じ得ない挽歌である。八雲は実子の挽歌ととらえているが、作歌時の憶良の年齢は七十歳前後なので、古日を憶良の子とは考えずに、幼い子を亡くした親の立場で山上憶良が詠んだとする解釈が現在の主流となっている。

そして八雲は、亡くなったキニュラスの子(美少年アドニス)に冥府の河の渡し守カロンが手を差し伸べるようにと歌った古代ギリシャ神話をテーマにした短詩(エピグラム)に、この憶良の万葉歌は比肩すると評価している。

縮緬《ちりめん》本『東の国からの詩の挨拶』の山上憶良の歌

この古日の挽歌については、染村絢子氏「ハーンと『萬葉集』九〇五」（八雲会編『へるん』三十一号・恒文社・平成六年六月）、ならびに大澤隆幸氏「【研究ノート・資料】焼津から見たラフカディオ・ハーンと小泉八雲――基礎調査の試み（6）――」（『国際関係・比較文化研究』六巻二号・平成二十年三月・静岡県立大学）によれば、八雲は帝大講師終了間際の明治三十六年二月の「エピグラムの詩」の講義で紹介している。また、染村氏の同稿によれば、この頃、この歌を英訳している外国人日本研究者は八雲以外にも何人かおり、外国人に理解を得られやすい歌であった。また氏は、ヘルン文庫所蔵本から八雲が翻訳の参考にしたと考えられる蔵書を四冊あげておられる。

中でもチェンバレンが明治十三年にイギリスで刊行された「The classical poetry of the Japanese（『日本人の古典詩歌』）」には、八雲自身による「78」という書き込みがあって、これは古日の挽歌が掲載されているこの本のページ数である。

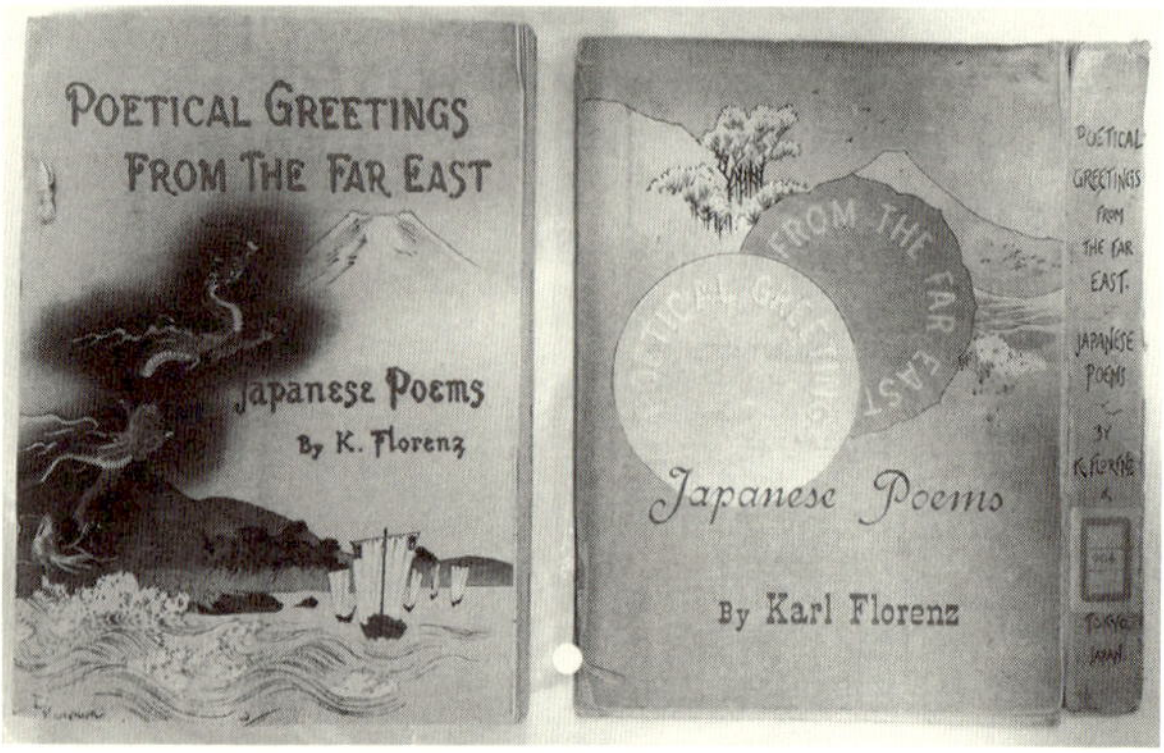

英語版『東の国からの詩の挨拶』
（富山大学附属図書館ヘルン文庫蔵）
左…表紙　右…帙（表）

また、「天の河縁起」が執筆された十年ほど前、カール・フロレンツが明治二十七年に長谷川書店から刊行した縮緬《ちりめん》本『東の国からの詩の挨拶』（"Dichtergrusse aus dem Osten" 高岡市万葉歴史館でもドイツ語版を所蔵）にも、古日の挽歌は紹介されている。

「縮緬本」とは、和紙に浮世絵の画法で木版多色刷りにしたものを、圧縮して皺をだして縮緬の布のようにして和綴じで製本したもの。日本情緒あふれるエキゾチックな美本で、外国人の日本土産として重宝された。明治十八年に長谷川武次郎によって刊行された「桃太郎」からはじまる日本の昔話を外国語に翻訳した『Japanese fairy tale series（日本昔噺）』は好評を博した。訳者には、チェンバレンやヘボンなども名を連ねており、小泉八雲も「お化け蜘蛛」（明治三十二年）・「団子をなくしたお婆さん」（明治三十五年）・「ちんちん小袴」（明治三十五年）を担当した。

著者のカール・フロレンツ（Karl Florenz 1865～1939）はドイツの日本学者で、明治二十二年来日。東京帝国大学でドイツ語・ドイツ文学・

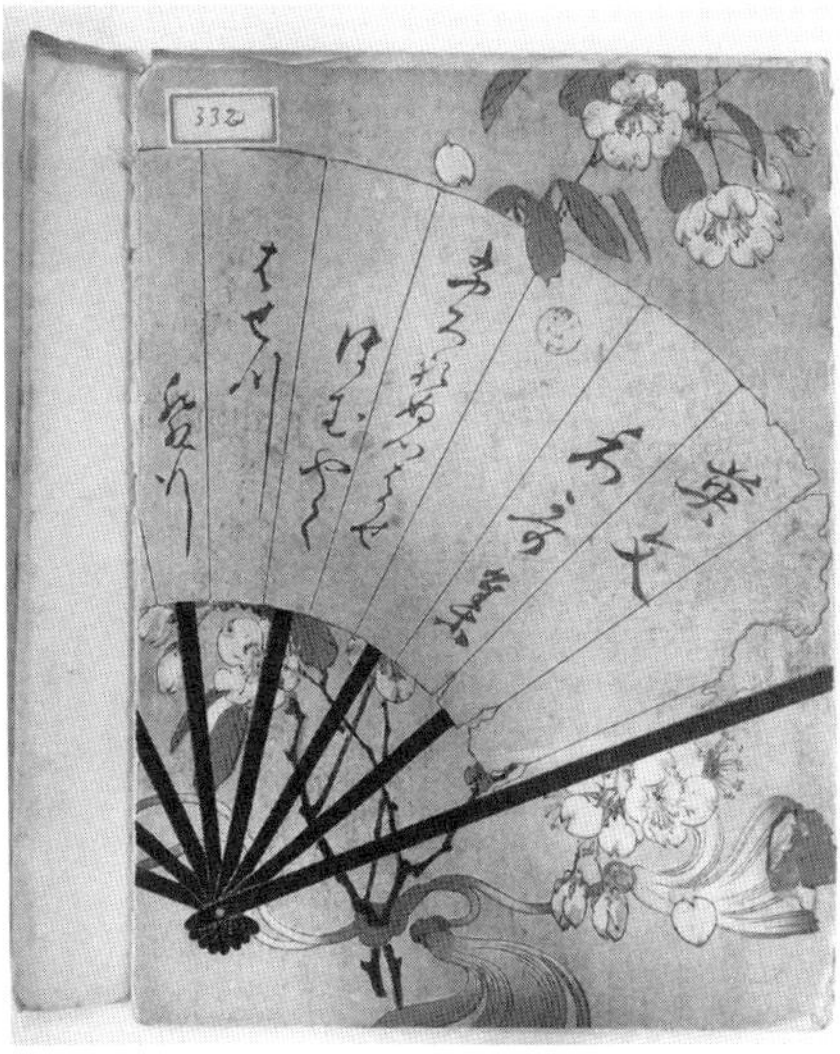

「へるん」印が押された帙（裏）

比較言語学を講じ、『日本書紀』や日本の詩歌・戯曲などを翻訳。明治三十二年「神代紀研究」で東京帝国大学より文学博士号を授与され、大正三年帰国した。『父小泉八雲』には、後に交際を絶ったと書かれているが（一三四頁）、明治二十四年七月に松江時代の八雲を訪問し、八雲・セツ夫人と共に玉造温泉を訪れている。[14]

『東の国からの詩の挨拶』は、愛情、自然、人生、宮廷詩、諸々の詩、叙事詩など六つの章に分けて、山上憶良や大伴家持などの万葉歌、『古今和歌集』の紀貫之・壬生忠岑の歌、江戸時代の俳句といった日本の詩歌を紹介したものである。[15]

その英語版“Poetical Greetings from the Far East: Japanese Poems”（明治二十九年刊）は、アーサー・ロイド（Arthur Lloyd 宣教使として来日し、多くの大学の教壇に立つ。東京帝国大学では、夏目漱石と共に小泉八雲の後任の講師となる）がドイツ語版を忠実に英訳したもので、これをヘルン文庫では所蔵しており、帙《ちつ》と内表紙に「へるん」印が押されている。

「へるん」印

『東の国からの詩の挨拶』には万葉歌が多数紹介されているが、古日の挽歌「男子《をのこ》の名を古日《ふるひ》といふに恋ふる歌三首」（巻五・九〇四〜六）は、"Lament of the poet Okura over the premature death of his son Furubi. An Elegy (Manyoushū 5, author: Okura)"（詩人憶良の息子古日の早すぎる死への哀歌［『万葉集』巻五、作者：憶良］）と題して、長歌と反歌二首を長編詩的な意訳に形を変え、美しい挿絵と共に巻頭作品として見開き二ページにわたって掲載している。

目次によれば、歌人のわかる歌は、大伴家持歌が四件と一番多く、山上憶良歌は、古日の挽歌・「銀も金も玉もなにせむに優れる宝子に及かめやも」（巻五・八〇三）・「世間の住み難きことを哀しぶる歌一首」（巻五・八〇四）の三件、坂上郎女や久米廣縄などが一件であるが、実は巻十三の作者未詳歌が最も多い。

テーマ別という選択方針があったとはいえ、今日の我々からすると驚くような万葉歌の選歌である。

フロレンツのこの縮緬本より先行して刊行されたチェンバレンの「The classical poetry of the Japanese

LAMENT OF THE POET OKURA OVER THE PREMATURE
DEATH OF HIS SON FURUBI.

AN ELEGY.

Ah! what care I for the seven-fold treasure
That fills the heart of poor men with joy?
My only desire, my heart's true pleasure!
'Tis thee that I long for, my boy, my boy.

No more, when the morning-star fades from the sky,
Doth he playfully leave my humble bed:
No more, when the evening-star flashes on high,
Doth he speak, with his hand in his father's laid:

"Dear parents, lie down to your sweet repose;
And I betwixt you all night will sleep,
Whilst your arms around me on each side close,
As the triple moss stems each other do keep."

11

「詩人憶良の息子古日の早すぎる死への哀歌」（部分）

（『日本人の古典詩歌』）」でも、やはり長歌、特に「Love Songs」では巻十三の作者未詳歌ばかりを紹介している。この本を翻訳された川村ハツエ氏によれば、作者別では山上憶良が七首で一位、二位が高橋虫麻呂で六首、三位が大伴家持で五首、四位が柿本人麻呂で四首となっている。当時のヨーロッパでは、短編の詩よりも長編の詩に価値をおいており、川村氏は、英国人チェンバレンは日本の長歌の衰退を嘆いており、短歌を物足りなく思っていたと考察されている。(16)

このような当時の外国人日本研究者たちの『万葉集』享受の状況からして、小泉八雲は山上憶良を『万葉集』を代表する歌人として認識し、山上憶良の七夕歌を万葉の七夕歌の代表作品として、この評論の中で紹介したものと考えられる。

六　八雲が「天の河縁起」に採集した『万葉集』の七夕歌

「天の河縁起」には左の表のように四十一首もの『万葉集』の七夕歌が掲載されている。頁数にすると約三分の一を占め、評論として評価するならば、歌の引用が多すぎて冗漫である。遺作なので未推敲の可能性も考えたが、「自分が翻訳した四十幾つの短歌に就いて云へば」（『小泉八雲全集』七巻、三七四頁）と八雲自身が書いているので、割愛せずに紹介したかったのであろう。

『天の河縁起　そのほか』所収の「天の川縁起」の次に掲載されている「妖怪の歌」は、八雲架蔵の内《た》匠尽《くみじん》語楼《ごろう》（天明老人）編の三巻本『狂歌百物語』に掲載された妖怪に関する狂歌の紹介であるが、「天の河縁起」と同様に四十首を越える歌を掲載している。やはり内容の大半が狂歌の紹介と英訳と注釈である。「天の河縁起」や「妖怪の歌」に多数の歌を掲載したのは、文学的視点からの歌の紹介という意識よりも、採集資料を英訳して紹介するフォークロア的な意識が強かったためかと思われる。

『万葉集』の七夕歌は前述したように集中に一三二首を数えるが、ここではその中から八雲が掲載した万葉の七夕歌の傾向について『万葉集』の巻別に見てみたい。なお、後ほど詳しく述べるが、この評論に掲載されている万葉の七夕歌は、八雲の長男小泉一雄『父小泉八雲』には、日本古代史学者三《み》成《なり》重《しげ》

小泉八雲が「天の河縁起」で引用した万葉集の七夕歌（巻別）

巻八	12首	1518 ※2回引用 1519 1521 1522 1523～1529（以上、山上憶良） 1545（湯原王）
巻九	1首	1765（藤原房前《ふささき》邸で詠まれた長歌の反歌。作者は未詳）
巻十	27首	2000 2001 2002 2005 2003 2013 2015 2021 2024 2027 2026 2030 2032（以上、柿本人麻呂歌集） 2037 2040 2041 2042 2044 2047 2052 2050 2054 2059 2064 2076 2077 2083（以上、作者未詳）
巻十七	1首	3900（天平十年〔738〕二十歳頃の大伴家持）

敬《ゆき》によって提供されたものだとあるが（一三二頁）、提供された七夕歌の全容は不明である。

作者のわかる季節歌を四季に分類した巻八には、十五首の七夕歌が採録されている。そのうち十二首を八雲は「天の河縁起」に掲載した。漏れたのは、憶良の長歌と湯原王の七夕歌二首のうち最初の一首（一五四四）と市原王の一五四六番歌。湯原王の七夕歌は、天の川を見ている自分（作者の湯原王自身）の方が辛いという内容。市原王の歌は、彦星の立場で詠んだ歌だか、歌中の「つくめ」（櫓《ろ》の先端の手で握る分だとされる）がわかりにくかったものかと思われる。

作者未詳の季節歌を四季分類した巻十には、秋雑歌の冒頭に九十八首の七夕歌を置く。その内訳は、柿本人麻呂歌集（人麻呂や人麻呂周辺の作者のわからない歌が採録されている歌集。万葉集成立以前の歌集で、万葉集中に歌の典拠として引かれているが、現存しない。平安時代成立の「人麿集」とは別のもの）所出の七夕歌が三十八首（一九九六～二〇三三）、出典不明の作者未詳歌が六十首（二〇三四～二〇九三）である。どのような七夕歌が、三成重敬によって提供されたのかは分からないので、九十八首すべてに八雲が目を通していたかは不明だが、その中から二十七首の七夕歌が「天の河縁起」に掲載された。そのうち柿本人麻呂歌集からの選出歌が十三首と、約半分。長歌体の歌と、歌中に「天の川」「彦星」といった単語がなく七夕歌とわかりにくい歌（一九九八・一九九九）は、選歌から外れる傾向にある。明らかに七夕を題材にした歌でも、ひねりのある七夕歌は選から漏れやすいようである（二〇〇六）。

巻十七の大伴家持の七夕歌（三九〇〇）については、八雲自身が次のような注をつけており[17]、制作年代に興味があったようである。大伴家持の七夕歌は、『万葉集』中最多で巻十八や二十にもあるが、この一首しか採られていない。

〔天平十年（紀元七百三十八）七月の七日、天の川を眺めながら、かの有名な大友《ママ》宿禰家持が作つたもの。三句目の枕詞（マソカガミ）は翻訳が出来ぬ〕（『小泉八雲全集』七巻、三八八頁）

八雲自身は、掲載した万葉歌に対して、「自分が翻訳した四十幾つの短歌に就いて云へば、その主たる興味は、思ふに、その作者の人間性を我我に洩す処に在つて存する。」（『小泉八雲全集』七巻三七六頁）と、その主たる興味は「作者の人間性（"the human nature of their authors"）」だと言っている。七夕歌の詠者である万葉びとたちの人間らしさが、タナバタツメとヒコボシに反映していると八雲は考え、次のように、タナバタツメはまるで妻セツ夫人のような人妻を、ヒコボシは儒教的倫理に支配されていない「年若い夫」と評している。

タナバタツメは今なほ頭が下る程に愛情の深い日本の人妻《ひとづま》を我我に代表して居り、――ヒコボシは我我には神の光りは一向に放たず、支那の倫理的習慣がその拘束を生活並文学に加ふるに至らない前の、六世紀若しくは七世紀の年若い日本の夫《をつと》のやうに思われる。（『小泉八雲全集』三七六頁）

八雲は、「支那の倫理的習慣がその拘束を生活並文学に加ふるに至らない」と、儒教などの中国の影響をうける前の人間性があらわれているとする。こうした万葉の七夕歌に見られる織姫と彦星の人間らしい恋の叙情は、「和歌世界に七夕歌の伝統のないところで、中国渡来の七夕伝説を和歌に歌うに際して、相聞の歌の伝統の中で伝説を捉えて、そこに和歌の表現を与えるという方法がとられた」と大浦誠士氏(18)らが述べておられるが、『文選《もんぜん》』『玉台新詠《ぎょくだいしんえい》』といった中国七夕詩の悲恋的内容の影響を受けた表現でもある。

また、八雲は、「彼らが自然美に対する早くからの感情を表白して居るので、我我は興味がある。その歌に我等は日本の風景と、四季とが高天の蒼野に移され居るのを見る。」と、掲載した七夕歌の中に、次のような日本の自然美を見ている。

——急流がありまた浅瀬があり、石の多い河底の中に突然湧き上がつて淙淙の音を立てたり、秋風に靡く水草が岸に生えたりして居る天の川は鴨川だと言つてよいぐらゐ、——其岸にたゆたふ霧は嵐山の霧そのものである。木の釘の上で動くたつた一梃の櫂で推し進めるヒコボシの船はまだ廃れて居ない。多くの田舎の渡船場で、風雨の夜はそれに乗つて渡つて、とタナバタツメが夫に願つたヒキフネ——綱で河の上を曳つ張つて渡す幅の広い浅い船——を今なほ諸君は見得るのである。そして少女と人妻は、気持ちのいい秋の日には、タナバタツメがその恋人たる夫の為めに機を織つた如くに、田舎の村のその門口で今なほ坐つて機を織つて居るのである。（『小泉八雲全集』三七六頁）

『小泉八雲事典』によれば、八雲は何度も京都に行っており、また奈良市の猿沢池そばに建っていた老舗旅館「魚佐《うおさ》旅館」には八雲の宿泊記録が残る。[19]万葉の七夕歌の舞台を天上から地上に移すとするならば奈良の景でもよいのではないか。

七夕歌の地上性については、近年人麻呂歌集歌などにおいてしばしば指摘されるようになったが（阿蘇瑞枝『万葉集全注』十巻・有斐閣・平成元年、『上代文学事典』など）、このように、明治時代において、小泉八雲がそれを指摘したのは、先見の明として評価できると思われる。

そもそも、品田悦一氏[20]が言われるように、七夕歌は万葉集の入門書として最も読まれた斎藤茂吉『万葉秀歌』（岩波書店・昭和十三年）にさえ一首も収録されていないのである。近年、万葉の七夕歌の研究は盛んで再評価されつつあるが、『万葉集』の享受史的には季節の風物歌としての需要が多いにもかかわらず、顧みられることが少ないテーマであった。

なお、八雲に対する万葉の七夕歌の提供は、セツ夫人の遠戚で『思ひ出の記』の口述筆記を担当した三成重敬《みなりしげゆき》（明治七～昭和三十七年）によるものと、八雲の長男の小泉一雄による伝記『父小泉八雲』には書かれている（一三二頁）。三成は、八雲の講義ノートを残した黒板勝美のもとで正倉院文書や平成二十七年に世界記録遺産に登録された「東寺百合文書《ひゃくごうもんじょ》」などの研究で実績をあげた東京帝国大学史料編纂官である。

また、『父小泉八雲』（一三一頁）や染村絢子氏によれば、三成が提供した資料は、折戸徳三郎によって英訳された。折戸徳三郎（明治四年～大正十五年）は、島根県益田生まれで、中学の時に京都の英学者平井金三に英語を習う。島根県尋常中学校では赴任中の八雲のために民話を採取して英訳をおこなった。八雲の死後の大正九年に益田町長となるが、在職中に亡くなっている。

大谷正信が八雲のアシスタントをしていたことを公にして八雲の不興を買った（『父小泉八雲』）のに対し、折戸は最後まで八雲の英訳の手伝いを続けていたが、八雲との関係を家族にも語らなかった。熊本大学「バレット文庫・ハーンコレンション」には、折戸直筆の「天の川縁起」の万葉歌四十一首の英訳と推定される原稿の所在が、染村氏によって確認されている。それを八雲の初版本と比較すると、折戸の訳は参考程度にとどめ、八雲自らの言葉で英訳しているという(21)。

八雲にとっての「真性の詩」とは――書簡に見る歌の選出意識――

こうした詩歌に対する八雲の考えは、教え子の大谷正信に宛てた東京帝国大学講師時代の八雲の書簡（明治三十年十二月）で分りやすく語られている。

大谷に収集させた歌について、大谷が「俗な歌」と避けた歌こそ最も自分は欲していると八雲はいい(22)、

「人足や、漁師や、水夫や、百姓や、職人が歌ふ『俗な』歌は美しい且《か》つ真正な詩だ。英国の仏蘭西の、伊太利の、独逸の、或は露西亜の大詩人も之を賞賛するだろう。」[23]と、庶民による素朴な歌を好んだ。そして、

ハイネやシェークスピアや、コールデロン（中略）が作った立派な詩は、それを他国語の散文に反訳しても、依然として立派な詩たるを失はぬ。あらゆる国語で、人の感情と想像力とに訴へる。もし翻訳することの出来ぬ詩は世界文学にあつて全然何等の価値をも有《も》たぬ。真の詩とすら言へぬ。それは言葉の有つ意味を弄んで居るに過ぎぬ。真の詩は唯の言葉の意味とは何の関係も有たぬものだ。それは想像であり、情緒であり、熱情であり、思想である。だからこそ力があり真理があるのだ。或る一国語の特質にその存在を負ふ詩は時間の浪費で、決して人の心情に生きることの出来ぬものだ。（大谷正信訳注『小泉八雲文集第三編　東京からの手紙』北星堂書店・大正九年、八三・八五頁）

と、八雲にとっての「真正な詩」は、他国語に翻訳しても情感に訴えることができるものだった。さらに、次のように古典作品であればあるほどどうるわしいと考えていた。

日本古典的な歌には美しい物のあることは固《もと》より自分は知つて居る。如何なる国語にしても永久の

生命がある程に美はしい、万葉集と古今集とから反訳《(ママ)》した物を自分は有《も》つて居る。然《しか》しその美はしさは、情操感情の為めであつて、決して言葉の意味に寄るのでは無いのだ。（中略）卑見に依れば『俗な』歌は無上の価値を有つて居る。

（右に同じ）

確かに、八雲架蔵のフロレンツ『東の国からの詩の挨拶』の和歌の翻訳は、上田萬年がフロレンツと激論を交わしたように、和歌の特性を無視してプロットのみを奪い取ったような暴力的な翻訳ではあるが、[24]それでもこの本は版を重ねた。八雲は、語句表現の技巧性を否定し、万葉歌についても、「『俗な』歌」でありつつ、そこにこそ「無上の価値」があるとみていた可能性が高い。

掲載されなかった「小倉百人一首」の中納言家持のかささぎ歌

「天の河縁起」では万葉の七夕歌にカササギが登場しないことを八雲は指摘している。にもかかわらず、七夕伝説を題材にした和歌として最も有名で、かつ八雲も認知している万葉歌人大伴家持詠とされる「小倉百人一首」の六番歌「かささぎの渡せる橋におく霜の白きを見れば夜ぞ更けにける」[25]は、この評論に掲載されていない。

このかささぎの歌は『新古今和歌集』の冬の部に収録されている歌で、七夕伝説以外にも漢詩や日本の故事が単語一つ一つに層をなしてとりいれられている技巧的な歌である。

川村ハツエ氏によれば、すでにイギリスの日本文学研究者で翻訳家のフレデリック・ヴィクター・ディキンズ（Frederick Victor Dickins 1838［天保九年］～1915［大正四年］）は、維新の二年前の慶応元年に「小倉百人一首」の初の全訳〝Hyakunin Isshu〟（『百人一首』）を、板本『百人一首峯のかけはし』を底本にして刊行しており、チェンバレンも『日本人の古典詩歌』でディキンズのこの本を紹介している(26)。

だが、先述したように、和歌独特の修辞法を駆使した中納言家持のかささぎの歌は、「或る一国語の特質にその存在を負ふ詩は時間の浪費」とする八雲の価値観と照らし合わせれば、この評論に掲載されなかったことは至極当然なことであり、意図的に掲載されなかったと推察すべきであろう。

七　結びにかえて――二人の弟子――

大谷正信

八雲が「真性な詩」について語った書簡の受取人である大谷正信（松江市生まれ、明治八年～昭和八年）について少し述べておきたい。詳しくは、八雲会副会長である日野雅之氏の『松江の俳人　大谷繞石――子規・漱石・ハーン・犀星をめぐって』（今井出版・平成二十一年）をご覧いただきたいが、大谷は、第一書房『小泉八雲全集』所収の「天の河縁起」の訳者でもある。八雲の松江中学時代からの弟子で、俳人としては繞石《ぎょうせき》と号す。苦学生だった大谷は帝大の学生時代、八雲の研究資料収集係として毎月課題を与えられ、その報酬を受けて東京帝国大学文科大学英文科を卒業した。英文学の大学講師となってからは、俳句仲間として、英文学仲間として、夏目漱石と交際。金沢四高教授時代には、室生犀星に俳句を指導、文部省海外留学生として二年間イギリスに渡る。先に引用した八雲の書簡集『東京からの手紙』は、大谷が金沢四高教授時代に刊行されたもので、小泉八雲全集執筆をライフワークとした（八雲会ホームページ「その他の出版物」、http://yakumokai.org）。なお、染村絢子氏「小泉八雲と周囲の人々」『資料館紀要』二号（金沢大学資料館、平成十三年三月）によれば、八雲の教え子で金沢四高に赴任した教授は、大谷も含め八名（英文学科七名、漢学科一名）にのぼる。

注目すべきは、大谷が、京都三高・仙台二校で高浜虚子と河東碧梧桐が知友で、正岡子規の高弟であったことである。

大谷は、明治二十九年九月に東京帝国大学文科大学英文科に入学するが、奇しくも八雲も熊本五高から東京帝大に講師として赴任。その八雲を九月九日に訪ねる。そして翌日十日に、子規庵句会に初参加し、正岡子規と初対面する。翌月の十月二十六日には、恩師の講義は欠席できないと八雲の講義を受けてから目黒不動境内で行われた子規派の吟行会に参加している（『松江の俳人　大谷繞石』五十五頁）。学生時代には、松江に国内五番目の子規派句会碧雲会結成に尽力した。

このように、大谷は八雲の弟子でありつつ短歌の革新を「万葉集」に求め訴えた正岡子規と、その流れを汲む高浜虚子・河東碧梧桐といった近代俳句史に残る俳人に囲まれていた英文学者であった。

正岡子規と小泉八雲の接点については、牧野陽子氏が指摘されているように、『怪談』「十六桜」（子規の故郷伊予国の民話）の題名下の俳句「Uso no yona /Jiu-roku-zakura /Saki ni keri !」は、子規の名は『怪談』には見えないが、松山の龍穏寺の桜を詠んだ明治二十九年作「うそのやうな　十六日桜　咲きにけり」（子規自選句集『獺祭書屋俳句帖抄《だっさいしょおくはいくじょうしょう》』明治三十五年刊所収）である。(27)

おそらく八雲は、弟子を介して正岡子規という存在は認識していたと思われる。だが、子規は八雲が東京帝大に赴任した明治二十九年にはすで病床にあった。また八雲の日本語習得の状況からすると、子規が書いた評論を自力で理解することは無理であった。間を介さず二人が交流を深めることは不可能だったと考えられる。

しかしながら、二人の詩歌に対する価値感には通じるものがある。正岡子規の短歌革新運動は、明治三十一年に新聞「日本」に連載が開始された「歌よみに与ふる書」に代表される「根岸短歌会」の写実短歌によって知られるが、これは、江戸時代後期に香川景樹《かがわかげき》が起こした和歌の地下《じげ》流派である桂園《けいえん》派が、明治初期に宮中の御歌所《おうたどころ》を独占していたことへの反発である。明治三十二年に与謝野鉄幹《よさのてっかん》が結成した「新詩社」（機関誌「明星」）の浪漫派短歌の活動と共に、現代短歌の源流となっていく。

この時期は、品田悦一氏が『万葉集の発明』（新曜社・平成十三年）で論じられたように、『万葉集』が国威発動のための文学として聖典化に向かい始める時でもあり、一般的な教育現場でも『万葉集』が「国民歌集」として扱われるようになった。

八雲の指向性からすれば、大谷が所属した正岡子規の写実派よりも浪漫派の方が親和性が高いと思われるが、巨視的にみれば、「天の河縁起」は、こうした明治期の『万葉集』享受の一例としてとらえることができる。急速に近代化する日本を嘆きつつ帝都東京に居を構えていた八雲、その嘆きが万葉びとへの憧憬となり、八雲にこの評論を書かせたのかもしれない。

會津八一

もう一人忘れてはならないのが、八雲の最晩年、早稲田大学講師時代の弟子だった東洋美術史家で書家・歌人の會津八一（秋艸道人《しゅうそうどうじん》、早稲田大学教授、明治十四年～昭和三十一年）である。後に八雲の息子たちの家庭教師も勤めた八一だが、中学の頃から『万葉集』や郷里新潟の良寛を好んだ。明治三十六年早稲田大学文学部英文学科に進学。小泉八雲が急逝するまでのわずか数ヶ月間の教え子であったが、八雲は八一の卒業論文にイギリスの詩人ジョン・キーツを勧める。そして、八雲の古代ギリシャへの憧憬を引き継ぎ、大正九年に日本希臘《ギリシャ》学会を設立した。しかし、毎年奈良を訪れるうちに大正十二年日本希臘学会を解消して奈良美術研究会を設立。八雲の生まれ故郷であり憧れたギリシャが、八一のとっての奈良であり、万葉へと導いた。そして、大正十年に小川晴暘《せいよう》と出会う。

写真家の小川晴暘（明治二十七年～昭和三十五年、兵庫県生まれ）は、大正七年二十五歳の時、文展に入選し西洋画家を志していた。当時富山県高岡市に住んでいたが、若い頃に療養をかねて有馬温泉の写真館で身につけた写真技術とその画力が買われて大阪朝日新聞社に入社、奈良に住居を定めていた。新聞社勤務の傍ら撮影した石仏の写真が、関西旅行中の會津八一の目にとまり交流が始まる。大正十一年に、八一の勧めで「飛鳥園」を設立。仏像をはじめとする古美術写真・文化財写真の草分けとなり、八一も晴暘の写真を美術史研究の資料として多用する。

そうしたなか晴暘は、佐佐木信綱主催の竹柏会所属の万葉集研究者辰巳《たつみ》利文《としふみ》が企画した大和万葉古蹟写真頒布会の写真の撮影も一部担当している。この日本で最初の大和万葉古蹟写真は、後の万葉旅行ブームのさきがけとなった（平成二十六年度春の特別企画展「日本最初の万葉故地写真辰巳利文・小川晴暘『大和万葉古蹟写真』」高岡市万葉歴史館）。なお、辰巳主宰の「奈良文化」第八号（竹柏会大阪支部・大正十五年四月）には、この頒布会の「第一回申込者会員名簿芳名抄録」が掲載されており、橋本進吉、次田潤、沢瀉《おもだか》久孝、武田祐吉、山田孝雄《よしお》、川田順《じゅん》、鴻巣盛廣《こうのすもりひろ》、久松潜一《ひさまつせんいち》、窪田空穂《くぼたうつぼ》といった、当時第一線で活躍していた万葉集研究を専門とする学者たちが名を連ねるが、會津八一の名はない。

正岡子規に傾倒し、若くして地方新聞の俳句選者を勤めた会津八一。根岸の正岡子規の庵にも訪れて良寛の歌を紹介していたが（「新潟市會津八一記念館」ホームページより）、明治四十一年の最初の奈良旅行が契機となり、俳句から短歌に移った。その歌風は「万葉調」と呼ばれ、平明で飾らないを良しとした。一見写生風だが、アララギ派の写実的な短歌に較べて万葉の措辞を多く使用し、古代の奈良へと聞き手を誘う憧憬の念をかき立てる歌々を残した。

八一の歌を最も早く評価した歌人の一人がアララギ派の斎藤茂吉だったと言われるが（同ホームページより）、中西亮太氏が述べられるように、[28] 同時代のアララギ歌人には表現できなかった古代への憧憬とロマンチズムが八一の歌には流れている。そしてそのロマンチズムは、戦前からの友人であり、八一の歌や学識の感化を受けた版画家棟方志功の板絵や歌にも息づいている。棟方は、富山県の福光で疎開生活を送っていた時、大伴家持が越中で歌に詠んだ「葦附《あしつき》」（川藻の一種）を求めて高岡市中田を訪れた。その時の棟方自身による紀行文が、ホトトギス派の地方俳句誌である前田普羅《ふら》主宰『辛夷《こぶし》』昭和二十四年八月号に「葦附行記」と題して掲載されている。[29]

——付記——

『平成27年明治古典会　七夕古書大入札会目録』（明治古典会・平成二十七年七月一日）の出品番号1番に「小泉八雲草稿幅」が出品されており、「『天の川』ローマ字　箱書　小泉一郎」とある。草稿の内容は、「天の河縁起」でも引用されている『万葉集』巻十・二〇七六番歌のローマ字表記と、英訳、「ぬばたまの夜」注である。写真が不鮮明であるため詳細は不明だが、八雲の「天の河縁起」との関連を考える上で貴重な資料である。入札後の行方をご存じの方がおられたら、お知らせいただければ幸いである。

注1　富山大学附属図書館中央図書館ホームページ「ヘルン文庫とは」より。http://www.lib.u-toyama.ac.jp/chuo/hearn/hearn_index.html

2　ヘルン文庫パンフレットより。染村絢子「小泉八雲と周囲の人々」『資料館紀要』二号（金沢大学資料館、平成十三年三月）によれば、大正十一年一月一日に小泉家の近所でおきた火災と、前年末の強い地震のためだともいう。ヘルン文庫創設の経緯については、八雲の長男小泉一雄の伝記『父小泉八雲』にも詳しい。当初蔵書は、田部隆二の実弟で、『山と渓谷』の著作で有名な英文学者で登山家の田部重治が教鞭をとる法政大学へ渡る予定だった（二四四頁）。

3　平川祐弘『ラフカディオ・ハーンの英語クラス《黒板勝美のノートから》』（弦書房・平成二十六年）、アラン・ローゼン、西川盛雄『ラフカディオ・ハーンの英作文教育』（弦書房・平成二十三年）。なお、学生の受講ノートについては、染村絢子「小泉八雲と周囲の人々」『資料館紀要』二号（金沢大学資料館、平成十三年三月）に詳しい。

4　染村絢子「『小ノート』の『天の川綺譚』」（八雲会編『へるん』三十号・恒文社・平成五年六月）、田部隆次「小泉八雲」『小泉八雲全集』別冊（第一書房・昭和二年）三〇〇頁による。染村氏は、八雲がセツ夫人から聞き書きをしたと思われる「小ノート」を二冊所蔵されており、その記載内容から判断されている。「天の河縁起」に関するノートは、「小ノート」の二冊目に九頁にわたって書かれていると同論にある。

5　作品のタイトル「天の河縁起」（原題 "The romance of the Milky Way"）については、『小泉八雲全集』七巻（第一書房・大正十五年）によった。平井呈一訳では「天の川綺譚」（『全訳小泉八雲作品集』十巻・恒文社・昭和三十九年）、船木裕一訳では「天の川縁起」（『天の川幻想――ラフカディオ・ハーン珠玉の絶唱――』集英社・平成九年）、後半部分の万葉集の七夕歌の紹介部分を割愛した池田雅之訳では「天の川叙情」（『おとぎの国の妖怪たち』現代教養文庫・平成八年刊、『妖怪・妖精譚小泉八雲コレクション』ちくま文庫・平成十六年）と訳されている。

6 平川祐弘監修『小泉八雲辞典』（恒文社・平成十二年）一三頁。「アトランティック・マンスリー」誌は、当時アメリカを代表するボストンの文芸誌で、日本の知識人にも読まれていた。八雲は定期的に寄稿しており、三十編を発表している。

7 現在富山大学附属図書館が所蔵する単行本『天の河縁起そのほか』（H09.12/R66、富山大学蔵書12295191343）は、八雲の旧蔵書ではなく富山大学によって新たに収集されたものである。小泉一雄『父小泉八雲』でも述べられているが（二四五頁）、八雲の旧蔵書の中の『怪談』などの八雲自身の著書および伝記類は、南日の心遣いで形見として遺族の元に残された。

8 染村絢子「『小ノート』の『天の川綺譚』」（『へるん』三〇号・八雲会編・平成五年）

9 『小泉八雲全集』別冊（第一書房・昭和二年）三三〇頁

10 「ちどり」六十六号（「松江市立図書館だより」平成十七年三月春号・松江市立図書館）

11 正史による朝廷における七夕の行事の記録は、『日本書紀』持統天皇五年七年七月七日「公卿に宴を賜う」が初出と考えられている。「七夕」の言葉の初出は『続日本紀』聖武天皇条の天平六年七月七日「天皇、相撲《すまひ》の戯《わざ》を観《みそなは》す。この夕、南苑に徙《うつ》り御《おは》しまして、文人に命《おほ》せて七夕の詩を賦《ふ》せしめたまふ。禄《ろく》賜ふこと差《しな》有り」。正倉院宝物には、乞巧奠の儀式で使用された針と糸が残っている。針は、銀・銅・鉄で作られた大きな針、縷《る》と呼ばれる糸赤・白・黄色が残っているが、もとは五色あった可能性が高い。そのほか、続修正倉院古文書（第三十二巻）造仏所作物帳には、七夕詩習書がある。七夕の詩が習書された興福寺西金堂（光明皇后が亡母橘三千代の冥福を祈って建立）の造寺造仏に関する報告書で、興福寺西金堂は天平五年（七三三）から六年にかけて光明皇后の発願により建立された。その報告書に上から七夕に関する詩が墨書されており、詩の序と二種の詩が何度も重ね書きされている。七夕に詩を賦すのは、中国から伝来した風習で、我が国でも朝廷や貴族の邸宅で詩歌の会が催された（平成二十七年度『正倉院展図録』奈良国立博物館）。

12 『文学アルバム小泉八雲』五十七頁

13 稲岡耕二『山上憶良』（吉川弘文館・平成二十二年）によれば、山上憶良は神亀三年（七二六）に筑前国守赴任し、天平三年（七三一）に帰京したと考えられるので、八雲が引用した山上憶良の七夕歌のうち一五一八・一五一九番歌は筑前国守赴任前の歌である。

14 『文学アルバム小泉八雲』八十六頁

15 奥正敬「本学図書館のスペシャル・コレクションよりニッポナリアと対外交渉史料の魅力（27）カール・フローレンツが縮緬本の価値を高めた話」（『GAIDAI BIBLIOTHECA』No. 193、京都外国語大学付属図書館・京都外国語短期大学付属図書館、平成二十三年十二月）。

16 フロレンツが『東の国からの詩の挨拶』を刊行した当時、フロレンツと同じく東京帝国大学で教鞭をとっていた上田萬年は、発刊に祝意を贈りつつも、その翻訳方法をめぐって発刊間もない『帝国文学』（東大文科の関係者が結成した帝国文学会の機関誌。明治二十八年一月創刊）で激論を交わした。この論争は日本で最初の比較文学論争と位置付けられており、短歌などの形式を改変しているため原詩の持つ妙味が失われていると萬年が批判したことに対し、フロレンツは「短歌及び短句が殆ど日本詩界を壟断《ろうだん》せる日本文学の一大災阨」と短編の詩よりも長編の詩に価値を置くというヨーロッパの価値基準で翻訳をおこなったと反論した（辻朋季「上田萬年との翻訳論争（1895年）にみるカール・フローレンツの西洋中心主義」『論叢現代語・現代文化』三号・筑波大学人文社会科学研究科現代語・現代文化専攻編・平成二十一年十月)。チェンバレンの『日本人の古典詩歌』については、川村ハツエ訳『日本人の古典詩談』(七月堂・昭和六十二年)、同「Chamberlainと和歌」『英学史研究』二十三号(日本英学史学会編・平成三年)を参照した。

17 第一書房版・恒文社版では、八雲が七夕歌にほどこした原注(歌語の意味や歌の解釈について)の翻訳が一部割愛されている。船木裕一訳『天の川幻想——ラフカディオ・ハーン珠玉の絶唱——』には、原注の翻訳がすべて収録されている。この注は第一書房版による。

18 大浦誠士「七夕歌意識の変遷と七夕歌の定着」(『中央大学上代文学論究』十一号・平成十五年三月)および「『万葉集』における七夕歌の意義——季節の景物としての七夕——」(『美夫君志』八十号・平成二十二年三月)、稲岡耕二『山上憶良』(吉川弘文館・平成二十二年)二二三・二五五頁、「七夕歌」『上代文学事典』(おうふう・平成八年)など。山上憶良の七夕歌の漢籍・仏典の影響については、栗原俊夫「万葉集憶良歌引用漢籍・仏典集成(二)」『論輯』三十三号(駒沢大学大学院国文学会・平成十七年三月)に詳しい。

19 魚佐旅館は、猿沢池のほとりの興福寺五重塔が一望できる風光明媚な場所に建つ創業百五十年の老舗旅館であったが、平成二十五年一月に閉館。解体後の跡地には結婚式場が建設され、平成二十八年開館予定(「産経新聞」平成二十四年十二月三十一日、「奈良新聞」平成二十七年十一月二十一日)。『文学アルバム小泉八雲』一〇五ページには、明治二十九年四月上旬、琉球旅行を断念して、京都・奈良方面に旅するとある。

20 品田悦一「憶良の七夕歌十二首」『セミナー万葉の歌人と作品』五巻(和泉書院・平成十二年)一二四頁

21 染村絢子「ハーンのアシスタンツの一人・折戸徳三郎」「折戸徳三郎英訳『怪談牡丹灯籠』・『萬葉集』」

『へるん』三十二号（八雲会編・恒文社刊・平成七年）、同「小泉八雲と周囲の人々」『資料館紀要』二号（金沢大学資料館、平成十三年三月）。

22 大谷正信訳注『小泉八雲文集第三編　東京からの手紙』（北星堂書店・大正九年）八十一頁

23 同八十三頁

24 注16

25 小倉百人一首に中納言家持詠として掲載されるかささぎの歌は、平安時代に編纂された『家持集』には載るが『万葉集』にはない。『家持集』は、『万葉集』で家持歌とされている歌以外も含まれているため、この歌は家持自作とは断定できない。

26 川村ハツエ「Frederick Victor Dickinsと日本文学――英学史的考察――」『流通經濟大學論集』二十八巻二号・（流通経済大学・平成五年十一月）、「Dickinsの英訳『百人一首』」『英学史研究』二十四号（日本英学史学会編・平成四年）

27 牧野陽子「『聖なる樹々』補遺『十六桜』と正岡子規の句」（『成城大学経済研究』一六八号・平成十七年三月）

28 中西亮太「會津八一『南京新唱』再論――万葉調の効果――」（『論輯』三十三号・駒沢大学大学院国文学会・平成十七年三月）

29 飛鳥寛栗《あすかかんりつ》『棟方志功・越中ものがたり』（桂書房・平成二十五年四月）

【参考文献】
平川祐弘監修『小泉八雲辞典』(恒文社・平成十二年)
小泉時・小泉凡編『文学アルバム小泉八雲』(恒文社・平成十二年)
小泉一雄『父小泉八雲』(小山書店・昭和二十五年)
財団法人會津八一記念館編『會津八一没後五〇周年記念特別展　會津八一と奈良——いにしえの都のかおり——』(新潟市會津八一記念館・平成十八年十月)

※小泉八雲「天の河縁起」・小泉節子「思ひ出の記」の引用は、小泉八雲全集刊行会代表田部隆次『小泉八雲全集』(第一書房、大正十五年~昭和三年)によった。万葉集の本文の引用は、『万葉集』(塙書房)によった。
※本文の引用にあたっては、旧字体を通行の字体にする他、ふりがなをつけるなど適宜あらためたところもある。ただし、異体字など底本のままのものもある。
※本稿は、平成二十三年十一月一日開催の富山大学公開講座「マリ・クリスティーヌと異文化の旅——小泉八雲をテーマにして——」における「小泉八雲と万葉集」、ならびに平成二十七年十二月五日開催の高岡市万葉歴史館学習講座「万葉集をよむ」第八回「七夕歌①一五一八~一五二二番」を元に新たに加筆したものである。
※本文中の写真の撮影は稿者による。
※執筆にあたっては、富山大学附属図書館司書栗林裕子氏、千田篤氏、富山大学客員特別研究員マリ・クリスティーヌ氏にご支援ご教示を賜りました。記して感謝申し上げます。

山田孝雄博士と萬葉集について

毛利正守

一　山田孝雄《やまだよしお》博士略伝

北陸道の一つである越中は、古く奈良時代、大化の改新を経たあと、大宝律令制定後の大宝二年（七〇二）、文武天皇の御世の頃に越中国となり、それはほぼ現在の富山県の県域と合致する。その越中には、天平十八年（七四六）、万葉歌人として著名な大伴家持が越中守として赴任し、多くの歌を残している。古く奈良時代から歴史のある越中はその後、長い年月を経て、江戸時代に前田家の領土となり、加賀藩とその支藩として富山藩が置かれ、やがて時代は明治維新となり、廃藩置県されて富山県の誕生となる。

日本が大きく舵をきった明治維新から間もなくの明治八年八月二十日に山田孝雄《やまだよしお》は、富山県士族（前田支藩）の山田方雄《まさお》の二男として富山市総曲輪《そうがわ》で誕生した。総曲輪は現在、富山市随一の繁華街となっているが、孝雄が生まれた明治の初年頃は廃城になった富山城の城下町という風情が漂い、浄土真宗の別院に詣でる人たちでにぎわう門前町でもあったという。父・方雄は於保多《おおた》神社の宮司であり、平田篤胤《ひらたあつたね》の門弟に連なる国学者でもあった。父の影響もあって、孝雄は幼いころより学問への探求心が旺盛で多くの典籍を学んだ。履新《りしん》小学校を卒業し、富山県尋常中学校（現在の県立富山高校）に入学。しかし入学の翌年には家庭の事情により中退している。この中退には孝雄が多くの学術を学んでもすべてが必要かという疑問をもって退学したともある。以後、大学などの学校教育を受けることはなかった。孝雄二十歳の時に、独学で尋常中学校、尋常師範学校の国語科の教員免許を取り、富山県内はもとより、兵庫県、奈良県、また遠く高知県でも教壇に立ち、その間に、日本史・倫理・修身三科の中等教員免許も取得している。勤勉で厳格な教員として奉職しながら国語学・国文学の研究に精進し、孝雄二十七歳の時に、『日本文法論・上』（宝文館・明治三十五年）を上梓する。孝雄の国文法研究の端緒となったのは、当時、教えていた生徒に主語につく「は」が主格でない場合にも使われているがこれはなぜかという質問をされ、答えに窮してしまったことにあるという有名な逸話がある。後年、これは所謂《いわゆる》「山田文法」へと結実をみるのである。それまでの時代の語法を丹念に見直し、文法史研究の基礎をなし、新しい文法学を築いたという点に偉大な功績がある。孝雄の国文法に関する研究書には前記の『日本文法論』をはじめ、『奈良朝文法史』（宝文館・大正二年）、『平安朝文法史』（宝文館・大正二年）、『日本文法講義』（宝文館・大正十一年）、『日本口語法講義』（宝文館・大正十一年）、『敬語法の研究』（宝文館・大正十三年）、『仮名遣の歴史』（宝文館・昭和四年）、『日本文法学概論』（宝文館・昭和十一年）など、多くの優れた著作があり、それらの成果はやがて学校教育の場で国語教育に貢献し、また後塵の研究者を導く指針となって今日まで学界に大きな影響を与え続けている。また、そのほかに文字、語彙《ごい》、学史、書誌、金石文《きんせきぶん》、国語問題・国語教育、文学、このあと本論でもとり挙げる『萬葉集講義　巻第一・二・三』（宝文館・昭和三年～十二年）などの訓詁・校訂・註釈にわたっての多くの優れた業績がある。孝雄は生涯に七十冊余の研究書と三百篇余の論文を著したが、その著作の多くが宝文館から出版されている。これは処女作『日本文法論』を宝文館が快く出版してくれたことに対しての感謝の念からであって、その後も多くの著作を宝文館から出している。進取の気性に富み、実直な富山県人・孝雄の一面が垣間見られる小気味よいエピソードである。

山田孝雄博士
（富山市立図書館作成「山田孝雄文庫」のリーフレットより）

さて、孝雄は学問一筋で身を立てるべく志して、三十一歳の時、上京する。これ以後、文部省国語調査委員会補助委員、私立国語研究所を創設して所長の任に就き、日本大学講師、東北帝国大学において講師から教授へと昇進し、学界の権威として押しも押されぬ第一人者へとのぼりつめていく。孝雄五十四歳の時、東京帝国大学より文学博士の学位を授与される。これは学位取得のために『日本文法論・上』を提出してから実に三十年近くの歳月がたってのことであった（孝雄の学歴のなさゆえに長年、審査員にかえりみられることなく年月がたったのであろう）。昭和十四年、御講書始《ごこうしょはじ》めの儀に選ばれ宮中に参内《さんだい》。翌昭和十五年から昭和二十年まで神宮皇學館《じんぐうこうがっかん》大学学長をつとめ、[1]伊勢の宇治山田に住まいを移している。神祇院参与、肇国聖蹟《ちょうこくせいせき》調査委員、学術研究会会議会員、文部省国史編修院長、愛宕《あたご》神社名誉宮司、貴族院議員等々の超一流の学者・文化人として華麗な経歴が次々に並ぶ。終戦のあと、一時公職追放となるも、数年後追放が解かれ、文化功労者顕彰を経て、昭和三十二年、独創的な国文法を体系づけたことで文化勲章が授章され、初の富山市名誉市民となる。翌年の昭和三十三年、不世出の独学の国語学者・山田孝雄は病のため、八十五年のその生涯を閉じた。墓は故郷の富山市五艘《ごそう》の長慶寺《ちょうけいじ》にある。

二　『萬葉集講義』について、その(1)「複語尾」と「陳述」

山田孝雄の著書のうち、「萬葉集」を題名にもつ著は、先に挙げる『萬葉集講義　巻第一～巻第三』のほか、『萬葉五賦《まんようごふ》』（美夫君志会選書　第一篇・一正堂書店・昭和二十五年）、『萬葉集考叢』（宝文館・昭和三十年）、『萬葉集と日本文芸』（中央公論社・昭和三十一年）等である。本稿ではおもに『萬葉集講義　巻第一～巻第三』と『萬葉五賦』をとり挙げることにする。まずは、『萬葉集講義』の中で歌の語句を説明しているところから見ていくことにする。

『萬葉集講義』（巻第一）で、雄略天皇の歌として載せる巻頭歌（長歌）の第六句目「菜採須児」について次のように説明する。

旧訓「ナツムスコ」とよみたれど、玉の小琴に「ナツマスコ」とよめるを正しとす。（略）「ツマス」は「つむ」の敬語にして「つむ」の未然形より古代の敬意の複語尾《ふくごび》サ行四段に活用せしものにうつりたるものなり。本集巻十七「三九六九」の歌に「乎登売良我春菜都麻須等《ヲトメラガワカナツマスト》」といへるはまさしくここの詞の例なり。而してここにては敬語なるは勿論なれど、親しみをあらはす意に用ゐられたりと見ゆ。（傍線部は筆者。以下同じ）。

と、ツマスの語の文法について説明を加えている。このスは一般には「助動詞」と呼ばれているものであるが、山田は「複語尾」と記す。山田が助動詞ではなく複語尾として把握するのはどういう理由に拠るか。この一番の歌以降、巻一から巻三（萬葉集講義は巻三まで）まで、かかる用例をいずれも「複語尾」と把握する。いま、さらに巻二・三からそれぞれ一例ずつを眺めておくことにする。まず巻二の一一四番の四句目の「君尓因奈名」である。

「キミニヨリナナ」とよむ。古義には「ヨラナナ」といふ或人の説ありといへるが、それは古義も既にいへる如く、従ふべからず。「ヨラナ」といへば、「ナ」は既に終止すべき助詞にして、その下に再び「ナ」あるべきにあらず。「ヨリナナ」の末の「ナ」は巻一の最初の歌にある「キカナ」などの「ナ」と同じく用言の未然形を受けて冀《こいねが》ふ意をあらはす助詞にしてここにては自らの希望をいふに用ゐたるなり。而してその上の「ナ」は「な、に、ぬ、ぬる、ぬれ、ね」と活用する完了決定又は確めの複語尾の未然形にして、その「な」の複語尾は、用言の連用形に属するものなれば、「ヨリナナ」といふべきものたるなり。さてこの「なな」は中世以後の詞にては「よりなばや」といふに似たる語なり。さてこの上の「な」は確めの意あるものなれば、「よりなな」は「必ず依り従はむと思ふ」といふ程の意なり。

古義が或人の説として挙げる「ヨラナナ」については、ヨラナのナは終止する助詞であって、その下に再びナはあるべきでないことを述べ、ヨリナナが妥当な訓みであることを説き、上のナは完了決定または確めの複語尾（ヌ）の未然形ナであり、用言の連用形に属していること等を論理的に説明している。またこのナナは、中世以後の詞で「よりなばや」というに似た語であると、通時的な在りようにも言及する。

巻三では二八四番の第二句目の「吾去鹿歯」を見ておくことにする。

「ワガユキシカバ」とよむ。「去」を「ユク」とよむことは第一以下屢《しばしば》あり。「鹿」は複語尾「シカ」にあてたる借字ならむ。槻落葉《つきのおちば》には「去をゆきしとよみて、鹿は加の仮字に用ひしのみなり。鹿をしかとよむにはあらじ。巻四に何時鹿《イツシカ》とあるも同例也」又「集中しかには牡鹿《おじか》と書、鹿の一字はおほくは加とのみよみたり」といひたるが、攷証《こうしょう》はこれをよしとせり。然れども、必ずしもこれをよしとすべからず。何となれば、「何時鹿」の「何時」は活用のなき語なれば、ここの「去鹿」とは同一に論ずべからざるなり。（略）「去鹿」の場合の「シ」は複語尾にして甚だ意重く、これをかかぬはかへりて異例に属す。この故に久老《ひさおゆ》は「去」一字を「ユキシ」とよむべしとせるならんが、第一巻よりこの巻に至るまで、この複語尾「シ」を全くかかずしてよませたる例は見えず。この故に久老の説はかへりて理に合はず。「鹿」は普通「カ」といふに用ゐたれど、当時「シカ」という語の無きにあらざりしことはいふまでもなく集中「鹿」を「シカ」とよまざるべからざる例は決して少からず。

槻落葉が「去鹿」の訓みについて「去《ユキシ》・鹿《カ》」と「去」をユキシ、「鹿」をカと訓むといった考えを打ち出し、攷証がこれを支持したのに対して、山田は「鹿」に上接する動詞の「去」と活用のない「何時」とを同一に論じてはならないこと、また複語尾のシは「甚だ意重く」、よってこのシを記さなくて訓ませる例の見えないこと等を論じて、「鹿」は複語尾「シカ」にあてた借字であるといった適切な判断を下している。たしかに、複語尾のシは「之・志・思」等と記され、またシカの場合は「之可・之加・思可・思加」等としっかり記されると共に、動物としての「鹿」も、「鹿《カ》鳴《ナク》山《ヤマ》辺《へ》之《の》」（巻八・一六〇〇）、「妻《ツマ》問《どフ》鹿《カ》許《こ》曽《そ》」（巻九・一七九〇）とカと訓むのはむしろ少なく、「野《ノニ》立《タツ》鹿《シカ》毛《モ》」（巻四・五七〇）、「鳴《ナク》鹿《シカ》者《ハ》」（巻八・一五一二）、「鹿《シカ》乃《の》伏《フス》良《ラ》武《ム》」（巻十六・三八八四）等とシカと訓ませる方がずっと多いということがある。

さて、右に引用したところを見ると、山田は、活用のある敬語のス・完了等のナ（ヌが終止形）・過去のシカ（キが終止形）などを「複語尾」と名付けているのである。このことについて、いま、分かりやすい説明が施されている『日本文法学概論』を見ておくことにする。

動詞存在詞が、その本来の活用のみにて十分に説明若《もし》くは陳述の作用を果すこと能《あた》はざる場合に、その活用形より分出して種々の意義をあらはすに用ゐる特別の語尾を今仮に複語尾と名づく。

山田は、動詞存在詞が、その本来の活用だけでは十分に説明できず、また陳述の作用を果たすことができない場合に、その活用形から分出して種々の意義をあらわすのに用いられた語尾が右に見る「ス・ヌ・キ」などであるとして、これらを複語尾と命名したのである。助動詞と捉えないことについて、次のようにも述べている。

現今の文法書には殆《ほとん》どすべてこれを助動詞と称すれど、これらは用言の語尾の複雑に発達せるものなること既にいひし所の如くなれば、単語として取扱ふことは不合理なりといふべきなり。(同書)

「ス・ヌ・キ」などは、用言の語尾の複雑に発達したものであり、事実、動詞存在詞との間に他の語を挟むことはなく常に一体となって用いられるものであって、一つの語として独立して使用されるものではないゆえに、これを単語としての助動詞という捉え方は不合理であり、あくまで単語ではなく、複雑に発達した語尾即ち複語尾と把握すべきであることを主張するのである。さらに、

この助動詞といへる名称は英文典の術語の訳語を襲用せるものにしてその名とその実と吻合《ふんごう》せぬものなるが故に用ゐるを避くべきなり。(同書)

とも述べる。山田の主張する文法理論は、国語の本性に基づいて構築されるべきであり、安易な英文典の襲用は避けるべきだというのである。英文典(西洋文典)のことに関わって言えば、「副詞と称するは

現今のすべての文法家の所謂副詞とは一ならずしてそれらの所謂副詞と接続詞と感動詞との三者を含めるものなり」（同右）と述べ、「今日の文法家の所謂接続詞は西洋文典にいふ所のconjunction（接続詞と訳す）に該当するものにあらずして、かれらのconjunctive adverb（接続副詞と訳す）、或はhalf-conjunction（半接続詞）と称するものに該当し、真にかれらのconjunctionに該当するものは実に「ば」「ども」「が」「に」「を」等の接続助詞」であり、「又今日の文法家の所謂感動詞は西洋文典のinterjection（間投詞と訳すべきものなり）にあらずしてなほ一種の副詞たることは、その用法上の位置を以て見ても知らるべし」等とも述べ、西洋文典を国語（日本語）へそのまま適用すべきでないことを主張する。

山田は、江戸時代の国語学者の研究、とりわけ富士谷成章の学説を引き継いで、独自の体系を築きあげた。成章は、文法の研究史において最初に本格的な品詞分類を行なっており、その著『あゆひ抄』（一七七八年刊）で、「名《ナ》・装《ヨソヒ》・挿頭《カザシ》・脚結《アユヒ》」という四つの品詞を立てた。山田はこれを基準にし、多少の点を改めて「体言・用言・副詞・助詞」の四分類を立てている。このうち、体言と用言について簡単にとり挙げて言えば、山田は、体言は専ら概念を言語として表出したものであり、用言は陳述の力を寓した語を指すものであり、それと同時に多くの場合に或る属性をも含むものであるとする。また、山田文法では、「文」は「句」と呼ばれており、従って構文論は「句論」ということになるが、句の成立には思想的統一の作用である「統覚」が必須であると説く。すなわち、句は思想の表現であって、そこには意識を統一する心理的作用が働いていると捉え、それを統覚作用と把握した。それまでの文法にはなかった句

（文）成立論の観点が導入された。そうしてその統覚作用が言語に表されたものを「陳述」と称した。じつは、「陳述」は思想の統覚作用であるということであり、文法学において、この「陳述」は山田孝雄によって初めて使用されたのであった。『萬葉集講義』において、山田は和歌の語句を説明するにあたっても「陳述」なる語を用いて論及している。次にそれをとり挙げることにする。

まず、巻一の三番の「音為奈利」である。

「オトスナリ」とよむ。この音は弦《つる》の鞆《とも》にあたりて鳴る音なること勿論《もちろん》なり。本巻「七六」の歌に「大夫《マスラヲ》之《ノ》鞆《トモ》乃《ノ》音《オト》為《ス》奈《ナ》利《リ》」とあるを参照すべし。「なり」といふ語をば動詞存在詞などの終止形に添へてその陳述を力づよく示さむとすることは中古にも盛んに用ゐられしものなるが、巻十五「三六二四」の歌に「於《オ》伎《キ》敝《ヘ》能《ノ》可《カ》多《タ》爾《ニ》可《カ》治《チ》能《ノ》於《オ》等《ト》須《ス》奈《ナ》理《リ》」〈筆者注：以下、用例、三つ省略〉など例多し。又古事記上巻には「伊《イ》多《タ》久《ク》佐《サ》夜《ヤ》芸《ギ》弖《テ》有《アリ》那《ナ》理《リ》」同神武巻に「伊《イ》多《タ》玖《ク》佐《サ》夜《ヤ》芸《ギ》帝《テ》阿《ア》理《リ》那《ナ》理《リ》」以上の那理を本居宣長は祁《ケ》理《リ》の誤なりといひしは証なきことにして、しかも古語の格を未だ知らざりしによる。正倉院古文書中の消息には「伊《イ》知《チ》比《ヒ》爾《ニ》恵《ヱ》比《ヒ》天《テ》美《ミ》奈《ナ》不《フ》之《シ》天《テ》阿《ア》利《リ》奈《ナ》利《リ》」日本紀神武巻には「聞喧擾之響焉此云二左《サ》揶《ヤ》霓《ゲ》利《リ》奈《ナ》利《リ》一」とも見えたり。これ古語の一格にして語意の切なるをあらはすに用ゐるなり。

と述べ、続いて、巻一の七〇番の「呼曽越奈流」について、

流布本に「ヨビゾコユナル」とよめり。然《しか》るに元暦本等に「コスナル」とよめるなり。按ずるに「山」につきて「コス」といへる例は古く日本紀崇神巻の歌にあり、「コユ」といへる例は同書仁徳巻

等の歌にあり。本集にも亦両様にかかれてあれば、いづれにてもよき事となるべし。然れども本集の仮名書の用例を見るに、「コユ」とある方多ければ、なほ「コユ」とよむをよしとす。「越奈流」を「コユナル」とよむはこの頃の語遣として「ナリ」を終止形に添へて陳述を強むる法あり。「コユルナリ」とやうに、連体格をうくる「なり」も当時行はれたれど、終止形を受くることも行はれたり。ここは「コユルナル」とよみては字余なるのみならず調あしくなるべし。されば、「コユナル」とよむべきこと明かなり。

と述べている。この『萬葉集講義』の巻一の三番の「音為奈利《オトスナリ》」と七〇番の「呼曽越奈流《ヨビゾコユナル》」を説明する際にこのように「陳述」という用語を用いて説いていることが注目される。文法書で「陳述」を説明し定義しているのを萬葉集の歌の解釈・説明でそれが活かされているのである。「陳述」なる用語は、言語の本質についての深い洞察から導き出されたものであって、文法論上、甚だ重要な位置を占めるものであり、その後も時枝誠記・芳賀綏・渡辺実等々によって、その概念・考え方は継承され、整理されると共にさらに深められ、現在に至っている。

二 『萬葉集講義』について、その(2)「字余り」と「音律・誦詠」

『萬葉集講義』において、前節の巻一の七〇番の「呼曽越奈流」のナル（ナリ）について「終止形に添へて陳述を強める法」といった説明をすると共に、この句での字余りに関する問題もとり挙げている（傍線部）。連体格を受ける「コユルナル」ということもあり得てよいが、それではこの句は「呼びそ越ゆるなる」と字余りになってしまうので、この訓みは採用すべきでないというのである。実際に、萬葉集には字余りになる句が少なくないが、しかし字余りを生じる場合は、そこにそうなる法則性が認められるのであり、(2)「呼びそ越ゆるなる」はその法則に適っておらず、山田の言う通り非字余りで訓むのが妥当である。

また、巻三・二三六番の第四句の「不聞而」について、「旧訓「キカデ」とよみたるが代匠記に「キカズテと和すべし、今の点にては而の字に叶《かな》はず」といひてより皆それに従へり。げに「キカズテ」とよむべきなるがその説明は不十分なり。「デ」は「不」と「而」との合意の語なれば、よまばよまれざるにあらず。されどここに「ズテ」とよむべしといふは当時「ズテ」を約して「デ」といひし証なく、かかる「デ」は恐らくは、平安時代よりの事なるべく思はるるを以てなり」と述べ、ズテと縮約のデとを時代差で説明して、第四句の「此者不聞而」（山田は「此者」ではなく「比者」を採用）を「コノゴロキカズテ」と字余りの方で訓んでいる。この字余りは、第五則(3)の「句中に同一の子音（キカズテの「キカ」（k＋k））にはさまれた狭母音（キkiのi）を含むとき字余りをみるに適合したものである。

もう一例挙げておくと、巻三・二五四番の結句（第五句）「家当不見」の訓みである。山田は「旧板本「イヘノアタリミユ」とよみたり。されど、「不見」を「ミユ」とよむはもとより不可なり。仙覚抄には

「ミデ」とよみたるが、意はあたれど、（略）従ひがたし。拾穂抄は「イヘノアタリミズ」とよみ、略解、攷証等これに随へるが、略解にのする宣長の訓は「イヘアタリミズ」とあり。されど、「イヘアタリ」といふ熟語、当時行はれてありしものとも考へられざれば、ただ、すなほに「イヘノアタリ」とよむをよしとす」と、字余りであるイヘノアタリミズがよいとする。妥当な説明がなされているが、なお、句中に母音音節（ア・イ・ウ・エ・オ）を含んでも字余りを生じる場合と生じない場合とがあるので、一言つけ加えておく。右にみるように、たとえば「二音節語＋ノ＋母音音節」であっても、

(a)グループ（短歌第一・三・五句〈長歌五音句と結句〉）

伊敝能伊母尓《いへのいもに》（巻十四・三四八一の第三句）、武庫能宇美能《むこのうみの》（巻十五・三六〇九の第一句）、家妹之《いへのいもが》（巻三・三六〇の第三句）、伊敝乃安多里見由《いへのあたりみゆ》（巻十五・三六〇九の第五句）、家当将レ見《いへのあたりみむ》（巻七・一二四四の第五句）等々。

(b)グループ（短歌第二・四句〈長歌結句以外の七音句〉）

家当乎《いへのあたりを》（巻十一・二六〇九の第四句）、家布能阿素毗尓《けふのあそびに》（巻五・八三五の第四句）、内乃大野尓《うちのおほのに》（巻一・四の第二句）、屋前之秋芽子《やどのあきはぎ》（巻七・一三六五の第二句）、三井能上従《みゐのうへより》（巻二・一一一の第四句）等々。

のように、二つに大きく分かれ、(a)グループは、句中に母音音節を含むと、そのほとんどが字余りを生じ、(b)グループはその逆でそのほとんどが字余りを生じないというものである。山田がとり挙げている

巻三の二五四番の「家当不見」は短歌第五句（結句）であって(a)グループに属しており、字余りをきたすグループに入っていて、山田の言うとおり字余りである「イヘノアタリミズ」がよいということになる。詳しくは前稿[4]等も参照願いたいが、なお付け加えておくと、短歌第二・四句、及び長歌結句以外の七音句の「五音節目の第二母音」以下に母音が存する場合は、その母音は、短歌第一・三・結句及び長歌五音句・結句の(a)グループと同様の在りようとして存在しており、法則的に字余りを生じていると言える。(1)「之多由孤悲安麻里《したゆこひあまり》」（第十七・三九三五の第二句）、(2)「刀其己呂毛安礼波《とごころもあれは》」（巻二十・四四七九の第四句）、(3)「佐由利比伎宇恵天《さゆりひきうゑて》」（巻十八・四一一三の長歌七音句）、(4)「比等欲伊母尓安布《ひとよいもにあふ》」（巻十五・三六五七の第二句、アで字余り）、(5)「可気多知与里安比《かげたちよりあひ》」（巻十五・三六五八の第二句）、(6)「安比太之麻思於家《あひだしましおけ》」（巻十五・三七八五の第二句）、(7)「梅花浮《うめのはなうかべ》」（巻八・一六五六の第二句）、(8)「鴨之住池之《かものすむいけの》」（巻十一・二七二〇の第二句）、(9)「信吾命《まことわがいのち》」（巻十・一九八五の第四句）、(10)「声伊続伊継《こゑいつぎいつぎ》」（巻十・二二四五の第四句、あとのイで字余り）、(11)「神尓毛莫負《かみにもなおほせ》」（巻十六・三八二の長歌七音句、(12)「見《み》我保之御面《がほしみおもわ》」（巻十九、四一六九の長歌七音句）、(13)「継而霜哉置《つぎてしもやおく》」（巻十九・四二六八の第二句）、(14)「各鑿社吾《かくのみこそあが》」（巻十三・三二九八の第四句）、(15)「君尓於レ是相《きみにここにあひ》」（巻十九・四二五三の第四句）、(16)「奈我美尓可安良武《ながみにかあらむ》」（巻十五・三六八四の第四句）、(17)「己我跡曽念《おのがとそおもふ》」（巻七・一三四八の第四句）、(18)「藤原我宇倍尓《ふぢはらがうへに》」（巻一・五〇の長歌七音句）、(19)「不レ飽田児浦《あかぬたごのうら》」（巻三・二九七の第二句）〈以上の用例で、句中に母音を二つ含んで字余りになるのがあとの方の母音においてであることについては、別稿を期す〉等々である。ここで考えておくべきは、「五音節目の第二母音」（六文字目）以下に母音がきて、それが字余りになってしまっては音《おん》の余りすなわち読唱上の乱れ、音律の乱れであるということであれば、これらの歌を作る歌人は、すでに歌を作成するその時点・段階において、かかる表現を用いることをせず同様の歌の内容を、異なる言い方・語句でもって音律が乱れないように、字余りになることを防ぐ表現をしたはずである（句中に母音を含めばいずれも字余りになるということであれば、話しは別であるが）。「五音節目の第二母音」以下に母音が位置するものは、音律上の乱れはなく字余りになる（法則としての字余り）、ということが存したゆえのことであると考えられる（詳しくは別稿を期すことにする）。

(a)・(b)グループの字余り如何の相違は、当時の和歌を読む際の誦詠（読唱）のし方が反映されているのである。

富山市役所前庭に建つ自筆の歌碑
（富山市立図書館作成「山田孝雄文庫」のリーフレットより）

四 『萬葉五賦』について

山田孝雄には、萬葉集を研究・注釈した著に『萬葉集講義』があると共に『萬葉五賦』が存する。『萬葉五賦』について、山田はその序で、

萬葉集巻十七に、二上山賦を

はじめとし、長歌を賦と名づくるもの五首あり。而してそはいづれも越中の勝景を詠ぜるものにして、越中守大伴宿禰家持と越中掾《じょう》大伴宿禰《すくね》池主との唱和によるものなり。今この五の賦を研究し、且つかく称ふるに至りし事情を考へたるに、作者等の心情の推移の経過の興味深きもののあるを見る。

と記し、続けて、

萬葉集は単なる歌集にあらざること、特に巻十七以下は家持に関する日記的の備忘録たる性質を有することを証するものあり。ここにそれらの研究を一括して萬葉五賦と名づけて大方の清鑑を仰がむとす。

と述べている。さらに、

これ且つは故国の景勝が一千二百年の昔に都人士に愛せられたるを悦び、且つは大伴氏の流風余韻の今なほ馨《かんば》しく伝はれるを慕ふ余りに出づる所なり。

と記述する。とくに越中の景勝即ち山田の生まれ故郷（故国）の景勝が千二百年の昔の都人士に愛されたことを悦びとしていることが記されており、山田の故郷を愛でる想いが溢れ出る文章となっている。

また、故郷ゆえに、五賦に登場する地名や山・川について、山田の生存中の地域とも比較しながら、それを丁寧にまた詳細に分かりやすく説明している。一例を挙げると、大伴家持の「二上山賦一首」（巻十七・三九八五）の冒頭の「伊美都河泊《いみづがは》」（射水川）について、たとえば沢瀉久孝『萬葉集注釈』では、

射水川《いみずがわ》　飛騨国より出、東礪波《となみ》郡を北流、射水郡にはひり、二上山の麓を巡つて東北に流れて海に入つてゐる。〈以下、およそ二五〇余字をもって説明〉

と説明しているのに対して、『萬葉五賦』では、

○伊美都河泊（略）「イミヅガハ」は漢字にて古来「射水川」と書けり。射水郡といふ地名も、この河の名に基づくものならむ。和名類聚鈔に「射水伊三豆《イミヅ》」とあり。射水川といふ名は、古今稍〻《しょうしょう》異なる所あるが如し。今は、小矢部川が射水郡に入りて、二上山の麓を流れて伏木港に注ぐ間を名づけて射水川といふ。……

とまず記し、このあと続けて記す説明をも加えると、「射水川」を計およそ二二三〇字でもって説明している。山田自らの故郷だけあって、その解説は微に入り細をうがって、二上山の麓を環り流れる射水川を彷彿とさせる。また、越中の「二上山」について、沢瀉久孝『萬葉集注釈』では、紙面の関係もあってであろうが、「二上山――高岡市伏木町の西にある山。頂上が二つに分れ、二百五十八米と二百七十三米とになつてゐる」（巻十六・三八八二）、巻十七の「二上山賦一首」（三九八五）では「二上山」は高岡市伏木町の西にある（十六・三八八二）」とあるのに対して、山田『萬葉五賦』の「二上山賦一首」で、

○二上山　長歌の中に「布多我美山《フタガミヤマ》」といへる、これなり。この山はこの巻及び巻十八、十九に見ゆ。いづれも越中の二上山なり。二上山といふ名の山は所々にあるが、（略）越中の二上山は、（略）能登の宝達山《ほうだつさん》より東にわたれる山嶺の東端をなすものにして、高岡市よりは北に聳《そび》え、伏木港よりは

西に峙《そばだ》ち、北は急に海に入りて渋渓《しぶたに》の崎をなせり。而《しこう》して千保川と小矢部川との合流点、守護町より北に迴れる小矢部川が屈曲して西南に向ふ地点、守山町より北に向かふ氷見街道によりて限られ、それより東即ち二上山たるなり。この山は、その嶺より東北に亙《わた》り、射水・氷見両郡の堺をなして海に入る。嶺より東部・南部を射水郡、西北部を氷見郡とす。この山は上にある如く低けれど、平野の西北に臨みて屹立《きつりつ》し、頗《すこぶ》る著しく見ゆ。その峯は、南（二五九米）と北（二七三米）とに高さ略ゝ等しき二嶺相対峙して、その名に背かず。大和の二上山の二峯の高低の差甚しきに見馴れたる奈良朝人には、頗る秀麗に思はれしならむ。

とじつに詳細（説明は省略したところも含め、およそ六九〇字に及ぶ）に活写している。

『萬葉集講義』と同じように『萬葉五賦』においても、それぞれ歌の説明・解釈を施したあとに「一首の意」としてその歌の内容（注釈）をまとめている。そこにあっても、ほかの注釈書に比べ、歌の本文を踏まえつつその名勝たる風景の注釈は、目の当たりに迫ってくる感があると言える。一例を挙げれば、大伴家持の「立山賦」（巻十七・四〇〇〇）について、

○一首の意　都より遠き田舎にて名高くいます越中の立山、その越中は国の到る所に山も多く在り川も流るゝが、そのうちにも雄山神の主として領し給ふ新川郡のその名高き立山には、夏といへども雪が頻りに降り敷きて融けず、その立山の帯としたまふ片貝川の清き瀬には朝に夕に霧の立つが、その霧のいつとなく消え失するが如くに、この立山を思慕する情の過ぎて無くなることはあらむ

や。我は今、公の使として京に上ること近きにあれど、再びこの国に通ひ来て、引きつづき毎年ここより見遣りつゝ、この美景をば後世永きに亙りて己の思出ともし、又未だ見ぬ人々に告ぐる語らひ種ともせむ。かくてこの名山の評判をも聞き、又その名を聞きて奥ゆかしがる人々にも語り伝へむとなり。

と書き記す。たとえば傍線部「その名高き立山」について言えば、ほかの注釈書類では、代名詞ソノはそのまま「その立山」とソノを冠して訳してあるだけなのに対して、『萬葉五賦』では、語句の説明で、「ここに「ソノタチ山」といへる「ソノ」は、上にいへる語を代表しつゝ、ここのタチ山をさす意にして、即ち「鄙に名懸かすそのタチ山」、また「皇神のうしはきいますそのタチ山」といふ心を寓せるなり」と述べ、また「名懸かす」の所では多くの分量を割いて説明を加えたあと、「かくてここは下の「須売加未《スメガミ》」につゞく様にも見ゆれど、さにあらで、下の「多知夜麻《タチヤマ》」につゞく語と見ゆ。即ち「鄙にて立山といふ著しき名を有したまふその山」といふ意と思はる。之は山に神格を認めて敬語を用ゐたるにて、名高しといふをいひかへたるものならむ」と述べ、これらに基づいて「その名高き立山」と「名高き」を添えて訳しているといったごときである。

『萬葉五賦』は昭和二十五年八月の刊行であるが、その著書の中に、「余が明治三十八年の夏立山に登れる時の紀行に「雨の立山」と題する文あり。今、人勧むるに任せて、此の旧稿を本文の次に附載することとせり」と記し、「附録」として「雨の立山」と題する紀行文を収録している。

その冒頭には、

立山は越中の名山なり。毎年七月廿五日より九月五日までを登山の期とす。土俗、男子一度この霊山に詣《もうで》らざるものは人に歯せられざるを伝ふ。余、積年登らむと欲して、而して機を失すること再三、頗る遺憾とする所なりき。本年八月、事を以て遂に宿意を果しぬ。ここにその行を紀して異日の備忘とす。

と記した上で、

明治三十八年八月十六日、未明に家門を出づ。同行者二名なり。夜色沈々として咫尺《しせき》を弁ぜず。時正に午前四時なり。大泉・本郷・中屋の諸村を経て、善名村に至る頃ほひ、夜漸く明く。

から書きおこし、

余がこの行、恰《あたか》も苦き経験せむとて企てしが如し。山上の困厄はいはずもがな、帰途又かの籠の渡、山越、川越、いづれか困苦にあらざる。而その原因は一に雨に存す。さればこの紀行は「雨の立山」とや名づくべき。

で結ばれた若き日に登った故郷の霊峰・立山についての格調高い紀行文を載せている。その「雨の立山」には、次のごとき体験も記されている。

風雨甚しくして、背面なる天狗平《テングダイラ》のあたり、漸《ようや》く朦朧《もうろう》として、遂に咫尺を弁ぜざるに至る。衆皆前途を促す。中語（筆者注：案内人）曰はく、……恐らくは、鏡石より上は雪ふれるならむ。かく大風

> 雪の時は、到底進みうるものにあらず、寧《むし》ろこの窟《いわや》にて一夜を過さむといふ。……飢と寒とに疲れたる身は、甚しく困難を覚えたり。……この時困憊《こんぱい》その極に達し、行くこと四五間にして忽ち倒るるが如くに憩《いこ》ふ。呼吸急にして、殆《ほとん》ど死せむと疑はる。僅《わずか》に宝丹と水とにて之を支へ、勇を鼓しては進む。かくすること久しく、或はここに不帰の客とならむかとまで思はれたり。

『萬葉五賦』で萬葉集の四〇〇〇番の語句「由伎布理之伎底《ユキフリシキテ》」を注釈・説明するにあたって、「ことにその天狗平（灌木地帯）より上は天候の激変著しく、自分は之が為に瀕死の苦に遭ひし経験あり」と記しているが、これは右の「雨の立山」の天狗平での「殆ど死せむと疑はる」「不帰の客とならむか」といった経験を言っているのであろう。登りたいと想い続け、宿意を果した故郷の立山で経験した夏山のあわや遭難事故にもつながる自然の厳しさというものが、四〇〇〇番の歌を注釈するにあっても活かされていると言ってよかろう。『萬葉集講義』の詳しい注釈とともに、右の体験のことをも含めて、萬葉集の越中に関わる注釈には、博士の故郷への深い愛着溢れる記述がみられる。

富山から東京へ、また仙台や伊勢へとふるさとを後にして日本を代表する偉大な学者として活躍した山田孝雄博士の心には、いつもふるさと越中富山が忘れがたくあったことであろう。

注1　戦前の神宮皇學館大学は、昭和二十年八月十五日の終戦ののち、ＧＨＱによる神道指令が発令され、

翌年の二月に神道指令に基づく「神宮皇學館大学官制」廃止の勅令が公布されて廃止・解散となった。山田孝雄は後年、「神宮皇學館大學に関する思い出」（『館友』（皇學館館友会・昭和二十七年三月）で次のように記している。「自分が神宮皇學館大學長の任を受けたのは昭和十五年四月廿四日であり、昭和二十年八月十七日に國史編修院長に轉任《てんにん》を命ぜられた。その間五年半まことに碌々《ろくろく》として何の爲し得たことの無いのを恥づる。この大學は私が去つた後半年計で廢止《はいし》の否運に遭つた。思へば誠に殘念の事である」と述べている。そうして、この大学をこのような否運に陥れたのが学長であった自分の責任であると言った人がいることを記し、それが事実無根である理由を縷々《るる》述べたあと、「私がどうしてこの大學の廢止に責任があることになるであらうか」、「無責任の放言は世を害する」と強く否定している。愛国主義者であり、最後の国学者と目される孝雄の立場を吐露する文章であると言ってよかろう。

なお、蛇足ながら、廃校から十八年後の昭和三十七年四月、ようやく大学復興の運動が実り、私立の新制大学として皇學館大学は復興・開学し、筆者はその第一期生として入学した。

2　毛利正守「萬葉集に於ける単語連続と単語結合体」（『萬葉』一〇〇号・昭和五十四年四月）、同「「サネ・カツテ」再考」（『萬葉』一〇二号・昭和五十四年十二月）、同「萬葉集のリズムに関する基礎論」（『国語学』一三八集・昭和五十九年九月）、同「萬葉集の五音句と結句に於ける字余りの様相」（『萬葉集研究』十七集・平成元年十一月）、同「字余り現象の意味するところを問う」（『上代文学』一〇〇号・平成二十年四月）、同「萬葉集字余りの在りよう―A群・B群の把握に向けて―」（『国語と国文学』八十九巻四号・平成二十四年四月）。

3　注2の第二論文参照。

4　注2の第四・六論文。

〔付記〕　文中の引用文について、原文にルビが付されていない箇所にも、今回、読みやすくするためにルビを記しました。

【参考文献】


渡辺寛・大平和典編『皇學館大學百三十年史　資料篇二』（学校法人皇學館・平成二十六年）。

山田忠夫・山田英雄・山田俊雄編『山田孝雄年譜』（宝文館・昭和三十四年）。

山田俊雄『山田孝雄著述目録抄』（『国語学』三六輯・昭和三十五年八月）。

富山市立図書館「山田孝雄文庫」（富山市立図書館リーフレット）。

編集後記

平成二年十月二十八日に開館した高岡市万葉歴史館は、今年度、開館二十五周年を迎えた。

高岡市万葉歴史館は『万葉集』と万葉の時代を探究するため、広く関係資料・文献・情報等の収集・整理、調査研究をおこない、その成果を公開することを運営基本方針としており、「展示機能」「教育普及機能」「調査研究機能」「観光交流機能」の四つの機能のもとに諸事業をおこなってきている。なかでも、「展示機能」と「調査研究機能」の両方に深く関わる、『万葉集』に関わる資料文献等の収集・保存については、開館以来熱心に取り組み、その充実度において他の関連諸施設を圧倒するところとなり、本館の存在を広く知らしめるものとなった。しかしながら、近年は、年々増え続ける資料保存について十分なスペースが確保されているとは言い得ない状況となり、収集・保存した資料文献を一般に広く利用していただける環境にもなかった。

開館二十五周年の記念の年にあたる平成二十七年八月、特別展示室と図書閲覧室2の増設がかなったことにより、これまで展示や閲覧に供しえなかった資料も展示することができるようになったことは、本館にとって喜ばしい限りである。しかも、古筆切研究の第一人者である関西大学教授田中登氏の御好意により、新たに特別展示室を飾るに相応しい『万葉集』関係の貴重な古筆切を一括してお譲りいただくことができ、秋の特別企画展「萬葉集のすがた―新収蔵品を中心に―」（八月一日～十月五日）と高岡万葉セミナー「古写本の魅力」（八月一日・二日）を開催することで、二十五周年を華々しく祝うことができた。これ以外にも一年間さまざまな記念事業を展開してきたが、その締めくくりとして高岡市万葉歴史館論集の十六冊目『万葉集と富山』をお届けする。

平成二十四年三月に十五冊目『美の万葉集』を刊行したあと、北陸新幹線開通によってこれまで以上に北陸への人の流れが活発化すると思われることから、大伴家持を中心とした越中ゆかりの万葉歌の世界により親しんでいただくためにビジュアル版の別冊を三冊刊行してきた。越中万葉から名歌六十首を選んで解説した『越中万葉をたどる』、高岡市で作成された「越中万葉かるた」一〇〇首の歌に簡便な解説を加えた『越中万葉を楽しむ』、それと富山県内の歌碑をめぐるための『越中万葉をあるく』がそれである。それぞれに「越中万葉」の世界に親しむための入門書的な役割を持っており、好評を得た。今年度は、元に復して正規の論集をお届けする次第である。

高岡市では、来る平成二十九年度を大伴家持生誕一三〇〇年の記念の年として位置づけ、さまざまな記念事業を計画している。そのキックオフ事業として今年度もいくつかの事業が展開されたが、本館も、その一翼を担う形で高岡市万葉歴史館論集『万葉集と富山』を計画したわけである。『万葉集』に残された越中ゆかりの歌を紹介するのは三つの別冊に譲るとして、本論集では、そのような越中ゆかりの万葉の世界が、その後どのように富山県と関わってゆくのかに焦点を合わせてみた。家持が愛した「布勢の水海」をはじめとして『万葉集』にうたわれた富山の地をめぐる後世の動き、富山県ゆかりの文学と『万葉集』との関わり、さらにラフカディオ・ハーンと山田孝雄という二人の人物も取りあげてみた。どうしてハーンや山田孝雄が富山と関わるのかと思われる方もいらっしゃるかもしれない。日本語学だけでなく、『萬葉集講義』や『萬葉集考叢』・『萬葉五賦』など万葉集研究においても多大な功績のある山田孝雄は、じつは富山県出身者である。また、ラフカディオ・ハーンこと小泉八雲の蔵書は、現在富山大学附属中央図書館に「ヘルン文庫」として収められており、富山八雲会や富山大学ヘルン（小泉八雲）研究会が、その顕彰のためにさまざまな活動をおこなっている。たんに『万葉集』の越中ゆかりの歌をめぐる論稿を集めるのではなく、家持が愛し、数多くの名歌を残した富山の地が、その後もずっと文学と関わる地であることを少しでも知っていただこうというのが本論集の趣旨である。

今回も国文学の分野で第一線に立つ先生方のご協力を得ることができた。ご多忙にもかかわらずご執筆いただいた先生方に深謝申し上げたい。

さて、来る平成二十八年度は、大伴家持生誕一三〇〇年記念のプレの年である。本館でも、記念事業の一つとして大きな展示を計画している。そこで、来年度の十七冊目は『万葉の生活』と題し、家持を中心とする万葉びとたちをめぐる衣・食・住などの「生活」に関わる歌を探ることで、生誕一三〇〇年記念のプレに位置づけたいと考えている。

末筆ながら、出版不況とも言われているなか、高岡市万葉歴史館論集の刊行を引き受けていただいた池田圭子代表取締役をはじめとする笠間書院の皆さまには、深甚なる謝意を申し上げたい。

平成二十八年三月

「高岡市万葉歴史館論集」編集委員会

執筆者紹介（五十音順）

坂本信幸《さかもとのぶゆき》　一九四七年高知県生、同志社大学大学院修士課程修了、高岡市万葉歴史館館長、奈良女子大学名誉教授。『万葉事始』（共著・和泉書院）、『セミナー万葉の歌人と作品（全12巻）』（共編著・和泉書院）、『萬葉集ＣＤ－ＲＯＭ版』（共編・塙書房）、『萬葉拾穂抄影印翻刻（全４冊）』（共著・塙書房）、『萬葉集電子総索引（ＣＤ－ＲＯＭ版）』（共編・塙書房）ほか。

新谷秀夫《しんたにひでお》　一九六三年大阪府生、関西学院大学大学院修了、高岡市万葉歴史館学芸課長。『万葉集一〇一の謎』（共著・新人物往来社）、『越中万葉うたがたり』（私家版）、「藤原仲実と『萬葉集』」（「美夫君志」60号）、「「挹乱」改訓考」（『萬葉語文研究』４集）ほか。

関《せき》　**隆司**《たかし》　一九六三年東京都生、駒澤大学大学院修了、高岡市万葉歴史館主幹。「大伴家持が『たび』とうたわないこと」（『論輯』22）、「藤原宇合私考（一）」（「高岡市万葉歴史館紀要」第11号）ほか。

田中夏陽子《たなかかよこ》　一九六九年東京都生、昭和女子大学大学院修了、高岡市万葉歴史館主任研究員。「武蔵国防人の足柄坂袖振りの歌」（「高岡市万葉歴史館紀要」17号）、「万葉集におけるよろこびの歌」（同20号）ほか。

毛利正守《もうりまさもり》　一九四三年岐阜県生、皇學館大学大学院修了、文学博士、皇學館大学教授、大阪市立大学名誉教授。『日本書紀①～③』（共著・小学館）ほか、「萬葉集に於ける単語連続と単語結合体」（『萬葉』１００号）、「上代日本語の音韻変化」（『国語国文』57―４）、「「変体漢文」の研究史と「倭文体《やまと》」」（『日本語の研究』10―１）ほか。

綿抜豊昭《わたぬきとよあき》　一九五八年東京都生、中央大学大学院退学、博士（文学）、筑波大学教授。『戦国武将の歌（コレクション日本歌人選）』（笠間書院）、『戦国武将と連歌師』（平凡社新書）、『図書・図書館史』（学文社）、『江戸の「百人一首」』（富山市教育委員会）ほか。

高岡市万葉歴史館論集 16

万葉集《まんようしゅう》と富山《とやま》

平成28年3月25日　初版第1刷発行

編　者　高岡市万葉歴史館 ©
装　幀　笠間書院装幀室
発行者　池田圭子
発行所　有限会社　**笠間書院**
〒101-0064　東京都千代田区猿楽町 2-2-3
電話 03-3295-1331(代)　振替 00110-1-56002
印　刷　太平印刷社
NDC 分類：911.12
ISBN 978-4-305-00246-4

乱丁・落丁はお取り替えいたします。

出版目録は上記住所または下記まで。

http://kasamashoin.jp/

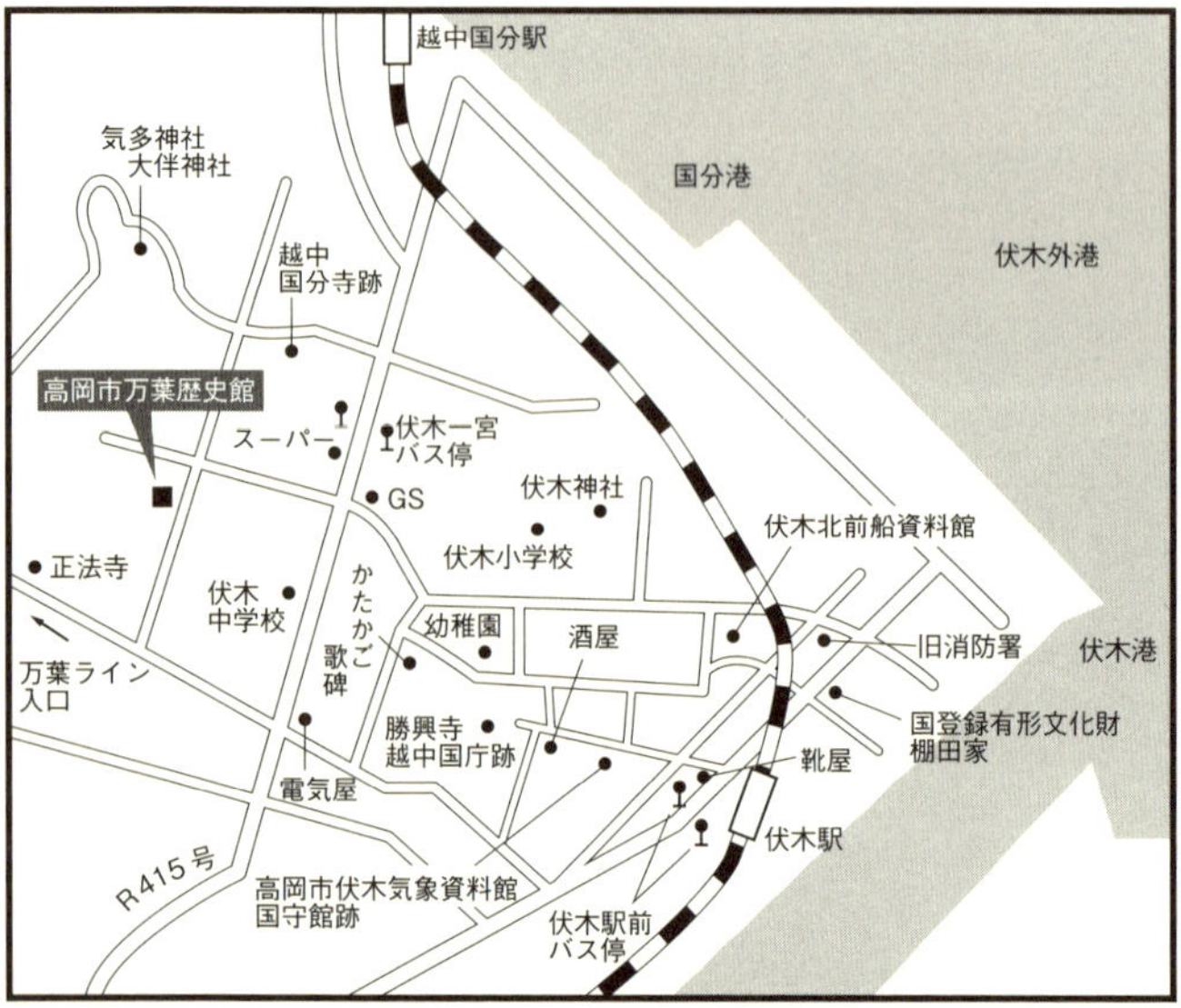

高岡市万葉歴史館

〒933−0116　富山県高岡市伏木一宮1-11-11
電話 0766-44-5511　FAX 0766-44-7335
E-mail : manreki@office.city.takaoka.toyama.jp
http://www.manreki.com

交通のご案内

● JR・あいの風とやま鉄道高岡駅から

【バス】加越能バス伏木方面（西回り）・伏木方面（東回り）のいずれかに乗車（30分）し「伏木一の宮バス停」で下車、徒歩約７分

【タクシー】約20分

※「北陸新幹線新高岡駅」と「JR・あいの風とやま鉄道高岡駅」の間は、10分間隔でバス便があります。（所要時間約10分）

◆高岡市万葉歴史館のご案内◆

高岡市万葉歴史館は、『万葉集』に関心の深い全国の方々との交流を図るための拠点施設として、1989（平成元）年の高岡市市制施行百周年を記念する事業の一環として建設され、1990（平成２）年10月に開館しました。

万葉の故地は全国の41都府県にわたっており、「万葉植物園」も全国に存在していました。しかしながら『万葉集』の内容に踏みこんだ本格的な施設は、それまでどこにもありませんでした。その大きな理由のひとつは、万葉集の「いのち」が「歌」であって「物」ではないため、施設内容の構成が、非常に困難だったからでしょう。

『万葉集』に残された「歌」を中心として、日本最初の展示を試みた「高岡市万葉歴史館」は、万葉集に関する本格的な施設として以下のような機能を持ちます。

【第１の機能●調査研究機能】『万葉集』とそれに関係をもつ分野の断簡・古写本・注釈書・単行本・雑誌・研究論文などを集めた図書室を備え、全国の『万葉集』に関心をもつ一般の人々や研究を志す人々に公開し、『万葉集』の研究における先端的研究情報センターとなっています。

【第２の機能●教育普及機能】『万葉集』に関する学習センター的性格も持っています。専門的研究を推進して学界の発展に貢献するばかりではなく、講演・学習講座・刊行物を通して、広く一般の人々の学習意欲にも十分に応えています。

【第３の機能●展示機能】当館における研究や学習の成果を基盤とし、それらを具体化して展示し、『万葉集』を楽しく学び、知識の得られる場となる常設展示室と企画展示室を持っています。

【第４の機能●観光交流機能】１万m^2に及ぶ敷地は、約80％が屋外施設です。古代の官衙風の外観をもたせた平屋の建物を囲む「四季の庭」は、『万葉集』ゆかりの植物を主体にし、屋上自然庭園には、家持の「立山の賦」を刻んだ大きな歌碑が建ち、その歌にうたわれた立山連峰や、家持も見た奈呉の浦（富山湾）の眺望が楽しめます。

以上４つの大きな機能を存分に生かしながら、高岡市万葉歴史館はこれからも成長し続けようと思っています。

高岡市万葉歴史館論集　各2800円（税別）

①水辺の万葉集（平成10年3月刊）
②伝承の万葉集（平成11年3月刊）
③天象の万葉集（平成12年3月刊）
④時の万葉集（平成13年3月刊）
⑤音の万葉集（平成14年3月刊）
⑥越の万葉集（平成15年3月刊）
⑦色の万葉集（平成16年3月刊）
⑧無名の万葉集（平成17年3月刊）
⑨道の万葉集（平成18年3月刊）
⑩女人の万葉集（平成19年3月刊）
⑪恋の万葉集（平成20年3月刊）
⑫四季の万葉集（平成21年3月刊）
⑬生の万葉集（平成22年3月刊）
⑭風土の万葉集（平成23年3月刊）
⑮美の万葉集（平成24年3月刊）
⑯万葉集と富山（平成28年3月刊）

別冊ビジュアル版　各1000円（税別）

①越中万葉をたどる　60首で知る大伴家持がみた、越の国（平成25年3月刊）
②越中万葉を楽しむ　越中万葉かるた100首と遊び方（平成26年3月刊）
③越中万葉をあるく　歌碑めぐりＭＡＰ（平成27年3月刊）

笠間書院